LA PLAZA DE PUERTO SANTO

Lecturas Mexicanas divulga en ediciones de grandes tiradas y precio reducido, obras relevantes de las letras, la historia, la ciencia, las ideas y el arte de nuestro país.

LUISA JOSEFINA HERNÁNDEZ

La plaza de Puerto Santo

Secretaría de Educación Pública
CULTURA SEP

Primea edición en Letras Mexicanas,   1961
Primera edición en Lecturas Mexicanas,   1985

D. R. © 1961. Fondo de Cultura Económica, S. A. de C. V.
Av. de la Universidad, 975; 03100 México, D. F.

ISBN   968-16-1963-3

Impreso en México

I

La PLAZA de Puerto Santo fue construida en el siglo XVII por don Fernando Ramírez y Arau, presuntuoso señor nacido en Cataluña y educado en Madrid, que habiendo caído en desgracia con el Señor de España primero y con el de Nueva España después, fue confinado a tan desolado sitio.

Al fin del mundo, como dijo cuando después de un viaje por tierra de dos días y otro por mar de ocho costeando por el Golfo de México, el barco que lo conducía ancló y él supo que ése era su destino.

Pero don Fernando no sólo no era débil de carácter, sino que era positivo por manía, constructivo por obsesión y empeñoso por naturaleza. Aunque estas características no hacían de él un hombre realista, le daban a sus actividades cierto sello atrevido que las distinguía y que fácilmente podía confundirlas con las de un enemigo político o con las de un héroe.

Para Puerto Santo fue un héroe. A los quince días de su llegada ya había despachado a su lugar de origen una docena y media de cartas solicitando la cooperación de su familia nada menos que para poblar el lugar con gente bien nacida, "pues no había sino indígenas". En estas cartas prometía un futuro sin igual para su raza y una serie de ventajas concretas que además se proponía conceder muy seriamente.

Después de muchas discusiones que cada uno de los Ramírez y de los Arau llevó al cabo en secreto en el seno de su familia, se decidió el viaje en conjunto y don Fernando tuvo siempre el orgullo de que ninguna de sus cartas hubiera sido escrita en balde.

Llegaron todos juntos. Eran unos hombres gruesos y altos, unos morenos y otros rubios, con la expresión inquieta, propensos a la risa y con una curiosa debilidad por hablar en verso. Las mujeres eran altas y ventrudas, con muchos hijos, la voz fuerte y una violencia en los ojos negros que hacía pensar que aquellos maridos debieron emplear alabardas y lanzas en su noche de bodas para poder vencerlas.

En estos núcleos familiares había la sensación de que las hembras eran tan autoritarias porque habían descubierto en sus hombres una secreta mentecatez que les concedía la más grande superioridad. Después de observarlas se llegaba a la conclusión de que esa mentecatez no podía ser más que el sexo y esa superioridad una incomprensión total de la vida en sus aspectos más naturales.

Ellos vivían pensando en el trabajo, en la conversación y en una que otra picardía que se reservaban para cuando estaban entre hombres. Ellas se nutrían del honor llevado a la continua acusación y de la veracidad matizada de grosería.

Fue con este material humano con el que don Fernando Ramírez y Arau fundó Puerto Santo. Fue con los sudores de estos hombres con lo que a lo largo de veinte años logró que su ciudad tuviera calles, casas al gusto de sus parientes, una alameda enmarcada en framboyanes, huertos donde se dieron los más hermosos frutos tropicales, un muelle, un aserradero, hornos y una plaza donde él mismo mandó poner su estatua.

Tuvo también el honor de inaugurar el cementerio

que hasta ahora lleva el nombre de su santo patrón, pues fue el primero de su ralea que alcanzó la muerte, y para los muertos que no eran de su casa, jamás se había pensado en otro lugar que la falda del cerro, bajo los enredados arbustos de la selva incipiente.

Al morir este ilustre señor, la sociedad de Puerto Santo sufrió una crisis de la que se recobró pronto... pero de lo que no se recobró jamás fue del tono presuntuoso y cerrado que le dio a la ciudad, cuyas familias nunca cambiaron su manera de ser fundamental, ni para sí mismas, ni para con los otros.

Entre los errores de don Fernando se contaba el de haber tenido muy poco en cuenta el clima y la situación geográfica de Puerto Santo, ya que para él no era sino un Madrid de su fantasía y de su recuerdo que, acabado por un terremoto, le había sido dado reconstruir.

No cayó en la cuenta de que el único terremoto había tenido lugar dentro de su persona cuando le fue notificada esa reclusión que él se empeñó en convertir en la obra de su vida.

No admitió que estaba en un recodo del Golfo de México lleno de aire marino, caluroso hasta la desesperación, apartado del mundo y primitivo hasta la angustia, porque aquellas desventajas significaban que su alejamiento no era la labor sacrificada del creador, sino la sudorosa paciencia del recluso.

Así, los habitantes de Puerto Santo conservaron los trajes y las etiquetas de una corte, que con el tiempo se convirtieron en el pretendido pudor del clima frío con la inconveniencia de llevarlos en clima caliente.

Muchos de estos señores murieron sin haberse dado un baño de mar, ni haber paseado en camisa

9

por la orilla de la playa. Todos se aseaban en unas bañaderas de madera que mandaron hacer a ese propósito y que sus propias mujeres llenaban con agua tibia cuando el señor, ese señor despreciado y bien servido, manifestaba deseos de estar limpio.

Otra de las notas interesantes del pueblo es que, pese a su nombre, no tuvo ni cura ni parroquia. En un principio, no les fue asignado como expresión de las malquerencias que el fundador había suscitado en el gobierno de la Nueva España; pero la verdad es que tampoco se hicieron las gestiones correspondientes. Y no es que don Fernando y sus familiares fueran ateos, puesto que todos trajeron de España santos de mucho prestigio que siempre ocuparon sitios de honor en sus casas rosadas y celestes; es que sabiéndose una estirpe tan honorable y juiciosa, nunca juzgaron necesario que nadie cuidara de sus almas. Las mujeres no se hubieran atrevido a confesar ni en artículo de muerte sus secretos que en resumen no eran más que fuertes rencores matrimoniales; los hombres no hubieran podido soportar más sermones, recomendaciones y moralejas de los que recibían en casa.

Por eso, la idea de traer un cura y de construir una iglesia, aunque mencionada, fue haciéndose cada vez más confusa y lejana, hasta que finalmente se inventaron una serie de supersticiones que variaban según la familia de que se tratara y casi todas tenían en común el estar dirigidas contra los miembros activos de la Iglesia, pero no contra los santos del cielo, que permanecieron protegidos y como garantizados por la antigüedad de sus méritos.

Fenómeno curioso era observar cómo, en estas personas tan poco espirituales, las justificaciones para el ejercicio de las pasiones, inclusive las más malvadas, eran las virtudes en abstracto, o por lo menos las fórmulas más socorridas del buen vivir. Frecuentemente se escuchaban en las conversaciones de las mujeres y de los niños palabras como sacrificio, abnegación, resignación, pureza, etc. No sabemos de qué hablaban los hombres, pero todo se presta para deducir que eran menos afectos a estos términos.

Lo más original, lo más terrible de Puerto Santo y por eso lo más digno de mención, es que soportó tres siglos sin cambiar salvo en lo que se refiere a un comparativamente pequeño aumento de población. Ahora, todavía puede contemplarse como una fantástica visión de un pasado ya incomprensible, con las mismas calles un poco más largas, los mismos edificios principales, las mismas recetas para hacer el pan y, lo que resulta más notable, las mismas estructuras familiares.

Si hay un elemento verdaderamente nuevo, es probablemente el asombro que produce en sus habitantes cualquier signo evidente de que el mundo existe y va cambiando; pero todo les parece tan excesivo, con un ritmo tan rápido, que cuando un periódico les cae en las manos, o un enloquecido turista les trae noticias, no aciertan más que a sonreír con sorna y olvidarlo, con el orgullo que dan tres siglos de una vida matizada con trabajos, enfermedades y decepciones que de ninguna manera rebasan las capacidades humanas ni las trascienden.

La plaza es todavía ese rectángulo, un poco irregular, sembrado de tulipanes y de jazmines, salpicado de bancos de piedra, rodeado de casas de un solo piso, de emocionadas casas que al tocarlas dejan entre los dedos un polvo de colores; centro de reunión de los varones a partir de las nueve de la noche, paseo de las damas en los atardeceres, diversión de los niños, negocio de los titiriteros, ilusión

11

de las criadas, pasión de millones de estrellas que se tienden sobre la estatua de don Fernando el recluido...

Los hombres de Puerto Santo visten de blanco, con altos cuellos almidonados y puños con gemelos de oro; las mujeres llevan colores discretos y trajes con manga y sin escote. Allá el vestido no se llevará por encima de la rodilla, ni habrá zapatos de tacón alto, ni ropa interior mínima... así como no habrá escuelas secundarias, ni estaciones de radio, ni un café, ni un teatro. Y será necesario ver cine en un depósito de madera ahora desocupado, emborracharse en el alambique, jugar a la baraja en una caballeriza, visitar a la única prostituta con cita fijada con tres días de anticipación y en un huerto alejado; como será necesario evitar las conversaciones de aquellos que vienen en pequeños barcos cargueros con la imaginación desbocada y el alma impura, a vender todas las cosas, las muchísimas, las inmensas variedades de cosas que no produce Puerto Santo. Y no habrá cura.

Ahora menos que nunca, porque el lugar ha tenido la suerte, a los ojos de los filósofos nativos, de permanecer inmutable después de dos intentos frustrados: una vez fueron los protestantes y otra los mormones.

No soportaron ni la temperatura, ni el atraso, pero sobre todo no soportaron el carácter impermeable de los portosantinos, quienes muy pronto sólo se acordaban de ellos para venderles comida y ropa al doble del precio usual y no les daban ninguna ocasión de convencerles de nada, ni les aceptaban regalos, ni siquiera establecieron con ellos las más simples relaciones humanas como el saludo y la sonrisa. El caso fue que tanto los protestantes como los mormones, antes de completar un año en el puerto de

12

los santos, se hicieron a la vela en los mismos barcos que los habían traído y su expresión era más de alivio que de fracaso.

Estos incidentes reforzaron la opinión que los portosantinos tenían de sí mismos y su pretensión de hombres rectos e independientes; a nadie se le ocurrió la necesidad de que el pueblo tuviera una religión oficial y si alguien lo hubiera mencionado, no sólo no habría sido escuchado, sino que hubiera quedado bajo sospecha como de carácter cobarde o inmoral.

Como es natural, todos los grupos humanos llegan a vivir momentos críticos al igual que los seres humanos. De ellos, pueden surgir tres cosas: una renovación, la destrucción absoluta o el regreso a un estado anterior, pero difícilmente se logra conservar la misma situación que dio lugar a la crisis, y Puerto Santo, con ser una excepción, no es tan excepcional que escape a toda regla general.

Por esto es interesante hablar del escándalo de Puerto Santo, lugar heroico que resistió por tres siglos los nortes, los huracanes, la imposición de la luz eléctrica y de un sistema de desagüe, las ideas revolucionarias, que dos o tres de sus nobles hijas se dedicaran a la vida alegre, un incesto, una violación de una señorita de cuarenta años y el lamentable suicidio de un joven cuya masculinidad estaba en entredicho.

II

EL DOCTOR don Fernando Camargo atravesó la calle y se instaló en el banco que había ocupado a lo largo de treinticinco años con sus amigos don Gonzalo Peláez y don Miguel Suárez, los dos ricos y bien nacidos; uno comerciante en telas y dueño de doce casas relativamente bien alquiladas; dueño de huertos el segundo y productor de todo el consumo de frutas de Puerto Santo.

El doctor Camargo dejó su lugar de origen a los doce años, estudió secundaria y preparatoria en Veracruz, interno en un colegio militar, y luego hizo en la ciudad de México su carrera de medicina. Al terminarla tuvo una gran duda y, como en otros grandes momentos, se dejó llevar por las angustias de su corazón más que por los razonamientos o las conveniencias y regresó a Puerto Santo donde casó con una Arau, tuvo cinco hijos y empezó a envejecer.

Durante su práctica profesional, mientras esperaba los partos, o aguardaba la mejoría o la muerte de sus enfermos, no lo abandonaba una gran sensación de estupor de hallarse en Puerto Santo definitivamente. En ocasiones, este estupor se convertía en malos modos, en rencores, en malos sentimientos.

No lo llenaba nada, pero ningún anhelo era preciso, ningún deseo perentorio y se hizo disparejo de carácter. De noche, acudía a la plaza por hábito; sus amigos sabían que su entusiasmo sobre un tema podía convertirse en desgano al día siguiente y al revés, así aprendieron a guardar silencio hasta que él empezaba a hablar y luego procuraban conservar en sus comentarios el estado de ánimo del doctor.

Sucedía que tanto don Miguel como don Gonzalo concedían al doctor una superioridad intelectual y mundana que los sobrecogía y en el fondo les hacía sentirse muy orgullosos de su amistad con él.

Una de las muestras de esta superioridad era la capacidad de meditación del doctor Camargo que

14

alimentaba su intelecto con lucubraciones sobre la naturaleza humana y siempre, como si se tratara de composiciones literarias, terminaba o empezaba sus conversaciones con el planteamiento de una incógnita.

Había otros tres concurrentes a estas reuniones, que por ser más jóvenes eran menos considerados: Ramón Jiménez y Edgar y Claudio Ramírez, descendientes directos del fundador. Su asiduidad databa de unos diez años, cuando dejaron de tener novias, de ir a las reuniones de la buena sociedad y sentaron fama de muchachos frívolos.

La frivolidad de estos muchachos, ahora cuarentones, era única y exclusivamente la costumbre de emborracharse, pero como no lo hacían públicamente, ni eran escandalosos, sólo los denunciaba su aspecto, que era enfermizo y abotagado y que por cierto no recordaba para nada la palabra frívolo. Los tres tenían características similares y de allí su intimidad: no tenían necesidad de trabajar, no pensaban casarse, en las borracheras más álgidas cada uno había descubierto a los otros que sufría de un gran amor frustrado y los tres habían querido ser poetas. Aún ahora, tenían de vez en cuando una sesión aparte y se leían poemas.

Esa noche estaban sentados los tres mayores y de pie, frente a ellos, los tres más jóvenes. El doctor Camargo guardaba silencio y todos miraban al vacío. El mal humor del doctor estaba a punto de cuajar en una frase y esa noche la frase era esperada con una ansiedad especial. Por fin, habló:

—No comprendo cómo hemos llegado a esto.

Los otros dos viejos se miraron las manos, los jóvenes sonrieron. Dijo Ramón Jiménez:

—Nos divierte. Falta de diversiones. Después dejaremos de hacerlo.

Siguió Edgar Ramírez:

—Dejaremos de hacerlo y todo será como si nunca se nos hubiera ocurrido.

—Como si nunca se nos hubiera ocurrido —coreó su hermano menor.

Esto fue bastante para despertar el espíritu polémico del doctor, que levantó una de sus gruesas manos, terror de las parturientas, y empezó con su mejor estilo:

—Amigos míos, esto no es diversión. Esto es una perversión codificada como tal desde aquellas épocas en que yo estudiaba la carrera. Esto es una perversión de seres insatisfechos que no encuentran placer en la normalidad. En cuanto a lo que usted dice —señaló a Ramón— de que pudiera ser un síntoma de falta de esparcimiento, debo responderle que lo dudo. Puerto Santo lleva tres siglos de existir y nunca se había dado caso parecido. Nuestros antepasados jamás estimaron que para divertirse hubiera necesidad de estas cosas y le aseguro que no eran ningunos pazguatos. Y otra cosa más —esta vez miraba a Edgar—: he observado que hace más de dos semanas contemplamos la posibilidad de abandonar esta actividad nocturna, pero todo se ha quedado en conversaciones y ninguno de nosotros, ni yo mismo, ha tomado una decisión al respecto.

Don Miguel se decidió a abrir la boca. Tenía un vasto acervo de conocimientos adquiridos por medio de novelas policiacas y una que otra pornográfica que se encargaba especialmente.

—Perversión dice usted, mi querido doctor. Yo no sé si me equivoque, pero la idea de la perversión siempre ha venido a mí unida a la individualidad. Para mí, sería explicable que uno de nosotros fuera perverso, pero que lo fuéramos todos los seis... se me hace excesivo. En todo caso, tendríamos perversiones diferentes. Usted, don Gonzalo... —don Gonzalo dio un brinco y palideció, luego se sonrojó— pero... ¿qué le pasa?

Don Gonzalo contestó apresuradamente.

—No sé, don Miguel. Me ha tomado usted por sorpresa. Pensaba... y como no son los temas usuales de nuestras conversaciones... pues no sabía qué pensar.

Todos se rieron. Don Gonzalo tenía una forma de bajar los ojos cuando hablaba, que recordaba inmediatamente a su hermana Hermelinda cuando en sus clases de Botánica explicaba la fecundación de las flores. Y una manera de hablar muy sigilosa, como cuidando de que la buena intención concordara con la buena apariencia que... también recordaba a su hermana Hermelinda.

Don Miguel siguió adelante.

—Lo que iba a preguntarle es que si a usted no le parece que más bien se trata de una buena broma. Un poco ruda, pero... nada más.

Don Gonzalo asintió.

—Lamento mucho no estar de acuerdo con nuestro amigo, el doctor. Pero sí creo que se trata de una broma.

Los frívolos asintieron por su parte. El doctor retomó la palabra.

—Me encanta que haya discusión. Creo, don Miguel, que sin descartar que esto pueda ser una broma, puedo insistir en mi punto de vista. En primer lugar, es indiscutible que hay tendencias colectivas a la perversión. ¿Cómo explicaría usted las crueldades que se han llevado al cabo en el mundo, en diferentes épocas, solapadas por una determinada ideología? Esas ideologías han sido pretexto para que el hombre, que sabe que debe respetar la persona y la vida de sus congéneres, desahogue tendencias perversas que lo han llevado a la destrucción de las mismas. ¿No le parece?

Don Miguel estaba algo apabullado y en ese momento se maldijo porque sus aficiones no eran más elevadas y no le permitían traer a cuento un ejemplo mejor que el del doctor. Pero no quiso hacerse mala sangre y en seguida se prometió mandarse traer una enciclopedia y consultarla en casos así. El doctor siguió hablando.

—En segundo lugar, hay mucho escrito sobre la verdadera naturaleza de las bromas. La risa, por ejemplo, tiene una función especial de catarsis. Nos reímos cuando las cosas nos afectan, para disfrazarlas. Así pudiera ser que el nombre de broma no fuera más que una máscara para ocultar algo innombrable.

Los jóvenes miraron a los dos viejos y supieron que ninguno pensaba contestar. Ramón se decidió.

—No hacemos mal a nadie, don Fernando. No puede compararse con ninguna crueldad. Además, nadie lo sabe. Hemos tenido siempre muchísima cautela. Pero, sobre todo, insisto en que si de eso que hacemos no se deriva ningún perjuicio ni sufrimiento para nadie, tiene que ser por fuerza algo sin importancia.

El doctor ya había abierto la boca tres veces mientras Ramón hablaba y se lanzó a la respuesta.

—Mire usted, Ramón. Creo que está tan equivocado, que en vez de tratar de convencerlo, voy a refutarlo con un solo argumento definitivo. Lo que hacemos es un delito perfectamente caracterizado por las leyes penales. Si nos descubrieran iríamos a parar a la cárcel. Si bien no es una crueldad, sí es una ofensa contra varias personas y basta.

Todos callaron. En la plaza podía oírse el rumor de los gorriones al acomodarse en su nido.

Don Gonzalo estaba conteniendo un temblor que no pasó inadvertido para Claudio Ramírez, pero no hizo comentarios porque él también temblaba. Ramón y Edgar se hacían los valientes con los ojos inyectados fijos en los tulipanes color de rosa. Don Miguel se devanaba los sesos buscando un recurso aunque fuera retórico para destruir el efecto de las últimas palabras del doctor Camargo, mientras que éste saboreaba su triunfo con un secreto temor de que los otros, sabedores de los alcances de su empresa, la abandonaran ese mismo día.

Su temor fue creciendo hasta tal extremo, que empezó a pensar una forma de darle al asunto cierto matiz que distrajera la imaginación de sus amigos. Optó por lo sentimental.

—No sé cómo hemos llegado a esto...

Lo dijo con voz tan lastimosa que cada uno tuvo compasión de sí mismo, tan profunda y verdadera, que se les llenaron de lágrimas los ojos y el doctor los odió. Pensó en lo vana que era aquella actitud decepcionada de los tres muchachos y en lo ligada que estaba a la ociosidad y al vacío intelectual; pensó en la pobreza de espíritu de don Gonzalo y en la viveza de ratón de don Miguel... En menos de dos segundos le dieron ganas de patearlos a todos y apretó el puño de su bastón y no apretó los dientes porque había dos que comenzaban a dolerle. Su agresividad duró hasta que tuvo lástima de todos y los despreció tanto que hasta los amó un poco y tuvo a bien perdonarles.

Fue entonces cuando el reloj del Palacio Municipal tocó las once y ellos salieron de su ensimismamiento. El doctor y don Miguel se levantaron de la banca como un solo hombre y poco después don Gonzalo, quien tuvo cuidado de recoger y doblar el periódico sobre el que había estado sentado, para después ponérselo bajo el brazo.

El doctor, antes de partir, decidió no quedarse con el mal sabor de lo que había estado pensando de sus compañeros y le dio un sesgo científico al asunto que habían tratado.

—Es conveniente que cada uno de nosotros, dentro de una o dos horas, cuando se encuentre recogido en casa, medite en este hecho, no tanto como una proyección personal sino con la seriedad con que se dilucida un fenómeno sociológico. Buenas noches, señores.

Los demás se despidieron con un movimiento de la mano y, con paso lento y despreocupado salieron de la plaza. Cada uno tomó por un callejón diferente, menos los Ramírez que se fueron juntos; hasta el doctor, que en vez de meterse en su casa, pasó de largo por el zaguán y avanzó dentro de las sombras de la calle sin faroles, sólo alumbrada por las luces de las casas que justamente en esos instantes empezaban a apagarse una por una.

La plaza quedó sola, como un testimonio rectangular de las altas horas de la noche.

III

HERMELINDA Peláez, la hermana de don Gonzalo, ponía el despertador a las siete de la mañana; en una hora se bañaba, se vestía, se desayunaba y salía para la escuela primaria donde prestaba sus servicios gratuitos.

Hermelinda terminó sus primeros estudios y se quedó leyendo libros. Una vez, cuando tenía veinte

20

años, escuchó la palabra vocación y esa palabra tuvo el mismo valor para ella que una declaración de amor, o un hijo varón, o una revelación divina. Comprendió que quería ser maestra y sin ninguna vacilación se dedicó a enseñar lo que buenamente sabía.

Lo trágico fue que desde el día que oyó la palabra vocación, no volvió a tener otras pruebas de la existencia de la magia secreta de las cosas y se fue entristeciendo, estado de ánimo que se reforzó con una serie de descubrimientos poco mágicos pero muy realistas que tuvo oportunidad de hacer.

Nunca veía a su hermano por las mañanas; se encontraban a la hora de la comida y sobre su mesa abandonada de huérfanos ya viejos, se deslizaba la más discreta, la más medida de las conversaciones, que combinada con la sobriedad de los alimentos, traía a la mente un acto de iniciados en quién sabe qué religión o qué secreto exigente y voraz.

Hermelinda oyó el despertador cuando llevaba una hora de darse vuelta en sus sábanas de manta. Se levantó y fue a persignarse frente a un antiguo nicho de madera y cristales que albergaba una imagen de bulto de San Juan Bautista acompañado de unos querubines colgados con hilo de oro y continuamente sacudidos por la menor contingencia. Allí rezó y añadió un párrafo a sus oraciones diarias:

—San Juan, ayúdame en este paso. San Juan, que no vaya a ser lo que me imagino. San Juan, si no es lo que me imagino, castígame por tener tanta imaginación...

Luego, muy decidida, entró en la habitación de su hermano.

Don Gonzalo no pudo reprimir un estremecimiento cuando una mano le tocó el hombro reiteradamente. Se sentó en la cama y dijo:

21

—Diles que no estoy, Hermelinda. Diles lo que se te ocurra mientras salgo por la puerta del patio...

La mirada de Hermelinda le dijo a las claras que nadie había ido a buscarlo y que además había cometido una indiscreción.

—Estaba soñando. Tuve una pesadilla que...

Los ojos de Hermelinda volvieron a decirle que no le creían.

—Bueno. ¿Qué sucede?

Don Gonzalo estaba haciendo lo imposible para enfrentar a su hermana con la expresión limpia de culpa, pero no lo lograba. Las pupilas se le desviaban y como que se le caían.

Entretanto, Hermelinda sufría una transformación. Estaba por dejar de ser la mujer delicada y respetuosa que todo el mundo conocía, para convertirse en una mujer violenta, aguda como si fuera capaz de adivinar todos los recovecos del alma humana y de una energía aterradora.

Esta imagen de su hermana no era desconocida para don Gonzalo, y lo que es peor, le era atrozmente familiar, porque era la imagen de su madre. Hermelinda habló con esa voz de dos filos que en don Gonzalo levantaba ecos y ecos de infancia reunidos en un solo clamor.

—Qué sucede es lo que quiero saber.

—¿De qué?

—Gonzalo, hazme el favor de explicarme qué haces por las noches después de las once. Y no quiero mentiras.

El hermano quiso manejar la situación, hacer tiempo para pensar, huir durante diez minutos.

—Nada. No tiene importancia, mis amigos del parque... Después conversaremos, no me gusta hablar a estas horas ni acostado. A la hora de la comida...

22

—¿Qué haces?

Don Gonzalo calló y puso un rostro obstinado, más renegrido que el del San Sebastián que adornaba su alcoba y casi podría decirse que más antiguo. Hermelinda percibió la actitud inmediatamente y quiso darle el tiro de gracia.

—Entonces debemos separarnos. Tú en tu casa y yo en la mía. He soportado muchas cosas, Gonzalo, y mucho he callado. Pero no todo se soporta.

Hermelinda miraba el cuarto de su hermano con ojos francamente agresivos. Aquellos cuadros simétricamente colocados, aquel cartón que él había ido adornando con recortes que sacaba de aquí y de allá, aquella maceta de donde crecía una hiedra que subía por la pared hasta el techo y que su dueño había dirigido por medio de hilos y clavitos. Por último miraba la lámpara, cuya pantalla era la secreta obra de arte de don Gonzalo: una ligera construcción de trocitos de madera pintados de colores dulcísimos, todos de diferente tono. Hermelinda habló de nuevo.

—He soportado esto.

Don Gonzalo terció con alarma.

—¿Qué?

—Esta fila de porquerías que no caben en una casa decente. He soportado tus sábanas de lino, tus secretos lujos. Cosas como ésta —señaló una bata de seda verde limón, inimaginable en Puerto Santo y casi en cualquier otra parte—. Y ésta...

Levantó en el aire los calzoncillos de don Gonzalo que eran cortos, muy cortos, de textura delicada y color ambarino. Don Gonzalo cayó sobre su almohada y se ocultó los labios con la sábana.

—Pero no toleraría un escándalo. Hace años que soy tu única sirvienta. ¿No te has dado cuenta de que no hay criadas en tu casa? Pues lo he hecho

23

para que no se entere nadie. Si ahora, después de años y años de este tormento, tú lo descubres, todo ha acabado entre nosotros.

Don Gonzalo sabía que era necesario decir la verdad o por lo menos decir algo que no fuera mentira y no podía. Porque aquellas palabras de su hermana no eran más que lo que se traslucía en sus miradas de reojo, en sus silencios, en la misma austeridad que, como contraste, ella había querido imponerse en lo que a su propia persona se refería. Habló con la garganta anudada.

—Hermelinda, te juro por San Sebastián que nunca he pecado como tú supones. Que si llego tarde se debe a que me entretengo con los de la plaza... que nunca daría el escándalo que tú temes. Puedes seguir viviendo conmigo y estar tranquila. Te lo juro...

En seguida, don Gonzalo se sintió asaltado por la conciencia de su humillación; rompió a llorar y se cubrió la cara con la sábana mientras gritaba:

—¡Vete! ¡No me digas nada! ¡Sal de mi cuarto y deja en paz mis pobres cosas! ¡Vete!

Hermelinda salió del cuarto de su hermano y se fue derecho a la imagen de San Juan.

—San Juan, gracias te doy. Castígame como te dé la gana.

Luego, ya con paso vacilante, se encerró en su cuarto y decidió no ir a la escuela. Nunca podría presentarse ante sus niños como era su costumbre, con el rostro ciego y destilando paciencia. Se sentó en su cama y empezó a trenzarse el cabello sin lograr entrar en calma. Hablaba en voz alta.

—San Juan Bautista, devuélveme la cara de imbécil. Si no ¿cómo me voy a presentar ante la sociedad? No me vayas a castigar mostrándome como soy delante de todo el mundo porque me arrui-

24

no... Y hoy que tengo que ir a casa de la presidenta, donde debo dar la nota culta y mesurada... Y más teniendo en cuenta que soy soltera, si me hubieran oído, no sé qué pensarían de mí... ahora mismo voy a rezarte un rosario a ver si agarro un aire más recogido. Pero no has de negar que es una gran prueba tener un hermano como Gonzalo; yo no comprendo cómo, habiendo tantos borrachos como hay y tantos mariguanos, nos fue a caer esta desgracia.

Hermelinda tomó su rosario de una alcayata, se hincó y entre las Aves Marías iba mezclando reproches al destino y a don Gonzalo.

Éste, por su parte, había terminado de llorar y se había vestido, pero no se atrevía a salir de su cuarto. La impresión de la entrevista con su hermana se había diluido y como extendido. No quería salir porque no deseaba encontrársela, pero también porque temía por sus tesoros. La verdad era que él mismo limpiaba su cuarto y nunca iba a su negocio sin cerrarlo con llave, pero hoy tenía una aprensión tan grande que no podía creer ni en la seguridad de la cerradura.

Por otra parte, había soñado dos o tres veces que Hermelinda entraba por la ventana a robarle la famosa bata verde y encendía con ella el fogón; sueño que siempre lo dejaba horrorizado.

Después de un rato le llamó la atención el silencio que había en la casa y supuso que Hermelinda ya no se encontraba allí. Salió y observó que los libros de su hermana estaban sobre la mesa, comprendió entonces que no había ido a trabajar y comprendió además que la escena había tenido efecto también en su hermana. Se sintió culpable con una culpa que sin exageración le atravesaba el pecho, y en medio de este dolor, surgió como único

25

remedio para aliviarlo la necesidad de una reconciliación inmediata.

Tocó la puerta del cuarto de ella y empezó a recitar:

—Hermelinda, lamento mucho haberte hablado con brusquedad hace un momento y he pensado que, ya que no fuiste a la escuela, no iré yo tampoco a la tienda... y que estando los dos desocupados, lo mejor sería que nos diéramos una vuelta por el mercado para comprar la comida. Te acompañaré y te llevaré la bolsa para que no te canses.

Hermelinda, que todavía estaba de rodillas y que no había vuelto en ella, murmuró:

—Ahora quiere guisar y comprar verduras...
—pero se contuvo a tiempo y contestó con voz tranquila—: Un momentito.

Poco rato después salían para el mercado los hermanos Peláez, muy limpios, muy derechos, muy flacos y la hermana explicaba a las madres de familia que se encontraban haciendo la compra:

—No sé qué me pasó esta mañana; fue una indisposición repentina, pero tan fuerte que ya ve usted, el pobre de Gonzalo tuvo que quedarse a acompañarme con todo que eso implica para él descuidar su negocio donde es tan necesario...

IV

Teobaldo López se llamaba el presidente municipal de Puerto Santo y su nombramiento fue objeto de ardientes discusiones entre los componentes de la sociedad, discusiones que tuvieron lugar después de haber sido nombrado porque antes no hubo opor-

26

tunidad, ya que Teobaldo fue un presidente impuesto por el anterior, don Fortunato Arau, hombre de grandes recursos económicos, de ideas avanzadas y protector de Teobaldo desde su infancia.

Lo de ideas avanzadas no parece concordar con la imposición de Teobaldo como presidente municipal de un pueblo que no quería nada con él; pero esto es sólo en apariencia y no en esencia, pues dicho nombramiento fue un gran paso en favor de la democracia de este pueblo tan puntilloso, si se tiene en cuenta que Teobaldo era hijo de la sirvienta de don Fortunato y no cabía siquiera el alivio de pensar que fuese hijo ilegítimo del dueño de la casa, ya que era de todos sabido que el amante de la sirvienta era un cargador del muelle, y ésta, una mujer notable por su fidelidad.

Teobaldo fue educado y querido por don Fortunato como su propio hijo, quien antes de retirarse de su municipio por hallarse bastante enfermo, reunió al pueblo en masa y habló así:

—Basta de los Ramírez y de los Arau. No somos reyes para que sólo nuestras familias ocupen puestos oficiales. Este país hace siglos que es nuestro y va cambiando. A todos los conozco y sé que un sistema de elección no sería más que un disfraz para que continuáramos con nuestras tradiciones; por eso, elijo yo al presidente que me seguirá y ya tengo dispuesto que no dure en su cargo más de seis años. Después de este tiempo espero que estén más educados y más al tanto de las costumbres del mundo; si no es así, que cada uno consulte su conciencia cuando llegue el momento de elegir de nuevo y actúe como le plazca. Si Teobaldo López no le parece adecuado a alguno de los presentes, que hable ahora y diga buenas razones, que yo estoy dispuesto a discutir cuantas horas sean necesarias.

27

Nadie habló. Los portosantinos más notables tomaron la cosa a ofensa y a humillación el reto de don Fortunato; los menos notables se miraron entre ellos, pensando más en el comentario que había de seguir a la reunión, que en la posibilidad de rebelarse.

Las mujeres, que no estaban con sus maridos cuando les fue hecha la notificación, se comportaron de muy otro modo. Se indignaron, tacharon a los hombres de débiles defensores de su categoría, de cobardes, de tontos, y dijeron repetidamente que don Fortunato era un hampón, un descastado y que además estaba chocho.

No cedieron en su actitud ni cuando los maridos les hicieron notar que la importancia del puesto era mínima, que como ya se había visto, el presidente municipal sólo se ocupaba de mantener la limpieza y buena presentación de la ciudad, de dar permisos para construir, de perseguir algún delito y de una serie de cosas que en realidad los portosantinos hacían por sí mismos, pues no eran ni sucios, ni construían muchas casas, ni cometían crímenes, por lo tanto daba lo mismo que don Fortunato ocupara el puesto, o Teobaldo, o ninguno.

Sin embargo, las damas hubieron de ceder por lo menos en lo que a apariencias se refiere, porque Teobaldo estaba casado con una mujer muy emprendedora, Florinda Rentería de López, que sabedora de la actitud de las señoras decidió comprometerlas de mil maneras a que tuvieran con ella y con su esposo no sólo un comportamiento civilizado, sino una amistad relativamente asidua.

Florinda tampoco era de buena familia. En eso Teobaldo había tenido mucho ojo; pues ella se hallaba en una posición difícil para encontrar marido, ya que era hija natural de una solterona de la clase superior de Puerto Santo, mujer tan celosa de sus secretos que murió sin haber dicho a nadie quién era el padre y tan resistente a los abusos ajenos que soportó las insinuaciones de su familia durante años sin negar ni afirmar absolutamente nada.

Cuando Teobaldo empezó a enamorar a Florinda, ésta, que era dada a la imaginación de cosas grandiosas y exquisitas, no se entusiasmó sobremanera, pero consciente de que las proposiciones que tendría en lo futuro no serían precisamente de matrimonio, aceptó sin pensarlo dos veces.

De allí que juntos, Florinda y Teobaldo trabajaran con la misma pasión por intereses similares, y éstos podrían formularse en pocas palabras: ser más que nadie en Puerto Santo y no en forma aislada; ser mejor que todos viviendo muy estrechamente unidos a todos.

Florinda dio en el clavo con lo que podía hacerla centro de la sociedad femenina sin que aquello implicara ninguna humillación para ella y sí un deber para las otras: organizó en su casa unas reuniones con fines caritativos y mandó invitaciones escritas a todas aquellas señoras que nunca se atreverían a perder su prestigio de generosidad y amor al prójimo.

Así sucedió que las señoras llegaron a casa de Florinda donde eran recibidas con respeto y amabilidad, pero sin que la dueña de la casa bajara ni un milímetro del sitio que le correspondía y al cabo de unos meses lo más natural para todas ellas era pasar los jueves por la tarde en casa de la presidenta, cosiendo, tejiendo y haciendo planes para ayudar a los desvalidos.

Las damas estaban cada vez más entusiastas al tiempo que Florinda iba cansándose de aquello en forma progresiva y había ratos en que hubiera dado cualquier cosa por no volver a ver en su vida a las damas de las caridades.

Teobaldo había seguido un sistema análogo con menos éxito que su mujer. Todas las noches asistía a un galpón donde se jugaba ajedrez y se vendía cerveza. Allí pasaba varias horas tratando de hacerse simpático y de relacionarse sin perder su dignidad, pero los hombres de Puerto Santo tenían una mentalidad demasiado dispersa y un profundo desinterés por la mayor parte de las cosas; así es que Teobaldo pronto se encontró solo frente a dos o tres rabiosos aficionados al ajedrez que le ganaban todas las noches, le hacían pagar la cerveza y no le permitían ningún comentario fuera de los estrictamente referentes al juego, que fingido o no, parecía ser su interés fundamental.

Así, Teobaldo y Florinda, en vez de disfrutar su nueva posición, empezaron a alimentar rencores nuevos, y no sólo contra los demás, sino entre ellos mismos, que tenían una competencia oculta por sus respectivos triunfos por una parte y, por la otra, el secreto hastío, previsto por ambos, que sigue a un matrimonio por conveniencia.

Esa tarde de jueves, Florinda se maquilló y se vistió con el profesionalismo de una actriz para recibir a sus amigas, mientras Teobaldo, echado en la cama, se preparaba para dormir la siesta.

La impresión que Florinda deseaba y lograba dar era la de una señora joven cuidadosa de su apariencia personal y de su conducta ejemplar. Se puso un vestido floreado con cuello de piqué blanco, unas sandalias de tacón bajo y después de aplicarse un poco de polvo, se pintó los labios de rosado pálido. Luego se contempló en el espejo.

Teobaldo y ella no habían cruzado palabra desde hacía dos días y lo peor del caso es que no era un silencio premeditado sino natural. No había nada que decirse. Pero esa naturalidad que Florinda aceptaba sin hacerse cuestiones, molestaba a Teobaldo y mermaba, por alguna razón, sus sentimientos de masculinidad. Teobaldo quiso conversar:

—Conque hoy es día de brujas.

—Sí.

—Te las has echado al bolsillo.

Florinda hizo un gesto; ahora hablaban como cómplices. Guardó silencio.

Él tuvo una repentina ocurrencia:

—Fíjate que una noche, cuando estuve en Veracruz, me acosté con cinco mujeres al hilo.

Florinda decidió en ese mismo momento ponerse un poco de pintura en las pestañas porque se las notó algo descoloridas. Su marido siguió:

—Y al día siguiente, tan fresco como si nada.

A Florinda se le cayó un poco de pintura sobre el párpado.

—¡Ay! —dijo.

Teobaldo, que no la veía, quiso profundizar en el tema.

—Para las mojigaterías de este pueblo eso es increíble. Una noche se lo conté a los del ajedrez y se quedaron con la boca abierta. ¿Tú crees que alguno de los de aquí sería capaz de algo así? ¿Qué dices? ¿Lo crees?

Florinda, muy cerca del espejo y concentrada por igual en cada pestaña, le contestó:

—¿Ah? No, claro que no.

Teobaldo se compuso la almohada y se volvió hacia el frente.

—En cualquier momento sería capaz de repetirlo.

Florinda enarcó una ceja y no quiso darse por aludida. Él se puso furioso pero no quiso demostrarlo.

—La verdad es que para un hombre que ha hecho una cosa así, las mujeres carecen de importancia. Es lo único que se saca en claro. Ustedes creen que irse a la cama con un hombre es como concederle la corona de Francia y no es nada de eso... en realidad no es nada de nada. Mujeres sobran.

Florinda empezó a pensar inmediatamente que ella era una reina de Francia que se pasaba todo el día vestida con telas preciosas y que cambiaba de anillos cada vez que se lavaba las manos. Además vivía en un mundo donde el amor era un don del ambiente y tenerlo no requería más esfuerzo que el de respirar. Sin darse cuenta, levantó una mano en el aire esperando que se la besara un joven inglés atraído a la corte por la fama de su belleza y que hubiera arriesgado mil vidas por un beso suyo. Sin bajar la mano, cerró los ojos y echó la cabeza hacia atrás. Teobaldo se incorporó en su cama.

—¿Qué rayos estás haciendo?

Florinda dio un brinco y maldijo su distracción. Luego lo miró con sus ojos castaños perfectamente inexpresivos y preguntó con solicitud:

—¿Quieres un vaso de limonada, mi vida?

Teobaldo negó con la cabeza y ella, sin perder el aplomo, se dirigió a la puerta.

—Entonces, voy a esperarlas, que ya no tardan.

En cuanto ella salió del cuarto, Teobaldo dio un puñetazo sobre el buró, sin acordarse de que hacía rato había dejado allí la tijera con que se recortaba los bigotes. Se hizo una herida en la mano, cerca del dedo meñique.

—¡De todo tiene la culpa la estúpida esa!

Murmuró dos o tres frases más y se durmió chupándose la mano.

V

Doña Cándida Camargo y su hermana Elenita, viuda de Rendón, eran dos magníficos ejemplares de lo que tradicionalmente habían sido las mujeres en Puerto Santo.

Doña Cándida contaba en su haber dos o tres hazañas que habían sido repetidas y comentadas con sumo placer no sólo por las mujeres sino por los hombres del pueblo. La más reciente había dado al traste con la última aventura amorosa de su esposo, el doctor Camargo.

Doña Cándida se enteró por una sirvienta de que su marido tenía desahogos sentimentales con una joven de medio pelo, como la definieron ella y su hermana, en una apartada casita a la orilla del mar, rentada al efecto.

Lo supo, palideció y entró en acción. Se dirigió a la casa con una botella verde bajo el brazo, rompió el candado con una piedra, entró, fue derecho a la cama donde vació el contenido de la botella, que resultó ser gasolina, sacó de la bolsa de su vestido gris una caja de cerillos y le prendió fuego. Luego se fue a su casa muy tranquila y continuó ocupada en la preparación de la comida.

Ardió la cama, los pocos muebles que tenían y hasta la casa. Cuando el doctor se presentó esa tarde a gozar de los placeres de Eros con su joven amiga, no encontró más que un montón de escombros. El doctor no supo qué decir y la muchacha se aterrorizó de tal manera pensando en lo que podían hacerle a ella, a juzgar por lo que habían

33

hecho con el nido de amor, que se alejó apresuradamente y nunca volvió a ver al doctor Camargo.

Éste resolvió hacerse el desentendido a los ojos de su mujer, y como hacía mucho que más que relaciones íntimas entre ellos había una especie de comentarios generales, el suceso hubiera pasado inadvertido, pero doña Cándida se lo contó a su hermana entre lágrimas y suspiros, como si fuera una blanca paloma; y la viuda Rendón se encargó de darlo a la publicidad "como ejemplo", según decía ella.

Las dos hermanas se llevaban extraordinariamente bien. La viuda, que había estado casada muy poco tiempo, no llegó a tener oportunidad de sostener encarnizadas batallas matrimoniales. Pero había vivido las de su hermana con parejo entusiasmo. Lo que sí le había sucedido es que, como quedó sola frente a un negocio de aguardiente siendo muy joven y no quiso venderlo por respeto a la memoria de su marido, había ido adquiriendo, con el hábito de tomarse un trago de vez en cuando, ciertas rudezas masculinas que podían apreciarse menos en su trato con sus amigos, que era afable aunque amenazador y profético, que en el trato con sus empleados.

Las dos hermanas asistían a las reuniones de Florinda acompañadas por las dos jóvenes hijas de doña Cándida; dos muchachas pálidas que siempre caminaban varios metros adelante de su mamá y de su tía y de quienes se murmuraba que a pesar de tener dieciséis y dieciocho años, aún no eran mujeres en el sentido fisiológico de la palabra.

Doña Cándida tenía muchas confidencias que hacer a su hermana esa tarde, y mientras avanzaban saludando y sonriéndose, se las iba desparramando en voz muy baja.

34

—Imagínate —le decía— que a Fernando le ha dado por llegar muy tarde. No creas que se trata de esa manía de hablar inconsecuencias en la plaza, porque yo lo espío desde la ventana; se despiden y se va cada quien por su lado y ninguno se va por el que le corresponde.

—¿Por dónde se va Fernando? —preguntó la viuda al tiempo que pateaba una corcholata.

—Eso es lo curioso; que se va por la izquierda y por la izquierda no hay nada de particular. No hay más que casas de personas comunes y corrientes. Además he notado que no disminuye su dinero ni huele a alcohol cuando regresa, así es que...

—Caminará para atraer el sueño.

Doña Cándida se impacientó.

—Sí, los seis andan en busca del sueño. No seas tonta, Elena. Si quisieran dormir se tomarían una píldora con un vaso de leche caliente.

La viuda se puso a pensar con rapidez para que su hermana no volviera a decirle que era tonta.

—Podemos preguntarle a Eneida y a Hermelinda qué es lo que hacen don Gonzalo y don Miguel y a qué hora llegan. Claro, con mucha discreción. Al fin vamos a verlas en seguida.

Doña Cándida calló y eso era signo de que aceptaba. Antes de llegar a casa de Florinda se detuvo un momento.

—Tú le preguntas e Eneida y yo a Hermelinda, como si se tratara de cosas muy diferentes. No quiero que se suelten hablando. Y que Florinda no se dé cuenta, es la peor pensada de todas.

Las dos hermanas entraron en la sala donde las dos niñas las esperaban y hasta habían sacado sus costuras: unos zapatitos de hilaza para los indigentes recién nacidos.

Doña Cándida saludó a Florinda con un tono discreto y sin pretensiones y fue a sentarse cerca de Hermelinda, que estaba por terminar una camisita bordada. La viuda fue a sentarse junto a Eneida, la joven esposa de don Miguel Suárez, el otro concurrente a la plaza.

Doña Cándida alabó el adelanto que Hermelinda había hecho en su costura desde el jueves pasado y ésta le contestó inocentemente:

—Pero, doña Cándida, ¡si es otra camisita! En tres semanas ya he bordado seis.

Doña Cándida vio una vereda que podía seguir para llegar adonde iba.

—Hermelinda, usted se mata trabajando. Le apuesto que borda usted de noche.

Hermelinda no la intuyó.

—A veces. Como ya no veo bien. Pero sí, por lo general bordo hasta las once.

—Hasta las once —repitió doña Cándida y esto fue un error, porque la mención de esa hora trajo ciertas asociaciones a su amiga—. Pero no se sentirá sola. Don Gonzalo, que es un hermano tan devoto, seguramente la acompañará.

Doña Cándida había amontonado un error encima del otro. Hermelinda sabía que la esposa del doctor no podía ignorar que don Gonzalo, durante años, había conversado con su marido hasta las once. Quiso ofenderla dejándole ver que ignoraba las costumbres de su propio marido y ni siquiera le ayudaba el hecho de vivir frente a la plaza, pero no se atrevió porque no quería llamar la atención a lo que ella definía como su verdadera forma de ser y sobre todo porque el asunto del retardo de don Gonzalo no había quedado claro. También empezó a husmear una oportunidad de enterarse de lo que hacía su hermano si preguntaba por el doctor. Se limitó a contestar:

—Gonzalo conversa con sus amigos hasta esa hora.

Doña Cándida sintió que había dicho una tontería de puro concentrada que estaba en lo que quería saber. Bordó un botoncito celeste en la sábana que le correspondía y pensó qué sería bueno decir ahora. Hermelinda aprovechó la pausa.

—Y ¿qué me cuenta del doctor?

Doña Cándida se sobresaltó.

—¿El doctor? —así le llamaba en público, sólo para su hermana era Fernando—. Bien, como siempre.

Hermelinda puso su mirada más inofensiva y avanzó un paso.

—El doctor sigue con su costumbre de ir a la plaza, ¿verdad?

Doña Cándida no pudo reprimir un gesto nervioso.

—Por supuesto. Don Gonzalo ¿no?

Hermelinda se hizo la sorprendida.

—Pero claro, doña Cándida, si acabo de decírselo.

Habían llegado a un punto ciego y ninguna de las dos quería arriesgarse ni un milímetro más. Las peculiaridades de sus hombres serían muy reprobables, pero el honor también era de ellas.

Doña Cándida estaba furiosa consigo misma porque le pareció que había tratado el asunto con muy poca sutileza. En cambio, Hermelinda se volvía toda sospechas y decidió cuidarse más que nunca y observar tanto como pudiera.

La viuda Rendón, por su lado, había estado tratando de llevar al punto a Eneida Suárez; pero Eneida no era presa fácil exactamente por los motivos contrarios a los que no lo era Hermelinda.

Casada joven con don Miguel, que abundaba en años y en imaginación, había sufrido una especie de contagio en cuanto a la imaginación se refiere y lo manifestaba en forma muy diferente a la socarronería y a la frecuente impudicia de su marido. Eneida se limitaba franca y decididamente a decir mentiras.

Cuando Elenita le preguntó en forma más o menos confusa a qué horas se acostaba su marido, Eneida contestó inmediatamente:

—Mi marido es un hombre que no se acuesta antes de las cuatro de la mañana, pues no necesita dormir sino cuatro horas. Así de fuerte y vigoroso es. Se pasa la noche haciendo de todo... hasta sale a pasear por la orilla del mar. Claro que también lee sus libros, y hay libros...

La viuda no estaba dispuesta a que le contara novelas y decidió hacerle una pregunta directa.

—Entonces su marido nunca va a su casa después de que se separa de sus amigos del parque.

—Nunca —dijo Eneida muy entusiasmada con la idea—. Debe caminar por lo menos veinte cuadras para poder dormir, le sobran energías. ¿Ve usted? Y jamás duerme la siesta.

La viuda sabía que podía seguir adelante sin despertar sospechas y una vez más hizo el intento.

—De manera que él nunca ha cambiado sus costumbres y menos últimamente.

La verdad era que Eneida dormía como un lirón desde las nueve de la noche y no había caído en la cuenta de los retrasos de don Miguel.

—Qué va. De recién casados me decía: "Eneida, si no me agotara antes de venir a reposar, te dejaría exhausta..." Él es como un león, ¿sabe usted? Es un tigre...

Elenita miró pensativamente a las dos chicas Camargo y le pareció que estiraban las orejas para oír las descripciones de Eneida. Además estaba fasti-

38

diándose de oír la comparación de don Miguel con tantos animales que Eneida nunca había visto. Así es que se levantó bruscamente, fue a sentarse en medio de sus sobrinas y les dijo con su voz más ronca:

—Bueno, niñas. ¿Qué me cuentan?

Las dos Camargo dijeron a coro:

—Nada, tía Elenita. —Y después se deshicieron contando minuciosos detalles de su vida, de lo que decían sus hermanos en las cartas que les escribían de Veracruz y en lo atrasadas que les llegaban.

La tía Elenita las escuchaba con un brazo en el respaldo de cada silla, los pies en los respectivos travesaño y sin hacer nada. Su cooperación en la labor benéfica era puramente económica.

Florinda había cumplido con cada una de sus visitas, había hablado un poco con ellas y ahora parecía embebida en el dobladillo de un pañal de manta de cielo, actitud que reforzó en cuanto se dio cuenta de que Eneida se había quedado sola porque la odiaba cordialmente.

Las dos eran jóvenes, las dos eran fantasiosas, las dos tenían muy poco que ver con sus maridos; pero Eneida era para Florinda una vulgar encarnación de sus ensueños más queridos, la expresión menos sutil de sus deseos secretos. Le parecía que la conversación de Eneida tocaba, manoseaba y rebajaba todas aquellas cosas que eran para ella los sentimientos más intensos de la vida.

A pesar de tener conciencia de esto, no pudo remediar, después de haber escuchado lo del león y lo del tigre, el ponerse a pensar que se hallaba en una deliciosa isla desierta, donde un joven vestido con pieles de animales se le acercaba torpemente con la intención de que ella lo iniciara en los refinados misterios del amor.

39

VI

Teobaldo llegó al juego de ajedrez con los ojos todavía inflamados de su larga siesta de tierra caliente.

Jugaban bajo un cobertizo para tener buena temperatura y las cervezas estaban detrás de un mostrador muy primitivo remojadas en hielo.

Los jugadores de ajedrez profesionales eran el sastre, el boticario y el panadero; ninguno de los tres alimentaba su alma más que de esa pasión, por lo tanto eran ejemplares en todo sentido. Ya hacía rato que tenían las piezas colocadas y miraban el tablero fijamente, pero no habían empezado a jugar.

Al entrar Teobaldo cambiaron miradas entre ellos y decidieron que al sastre le tocaba jugar con él, ganar como quien dice. Así es que, después de darle las buenas noches, el boticario y el panadero se hicieron cortésmente a un lado y tomaron asiento en la otra mesa.

Teobaldo se vio frente a frente con el sastre y se sobrecogió. Esa costumbre que se había impuesto era cada vez más estúpida y estéril. Además no había sido su primer impulso ir a ellos, sino quedar incluido en el otro grupo, el de la plaza.

Una noche se les había acercado y después de las primeras frases los más jóvenes habían pretextado un compromiso. Se despidieron y se fueron en tanto que los tres viejos guardaban silencio. Así estuvo Teobaldo media hora, parado frente a ellos con las manos en los bolsillos, contemplando cómo encendían cigarros, cómo escupían, cómo se hacían los

40

desentendidos. Por fin, el doctor Camargo dijo que tenía mucho sueño y don Miguel Suárez aclaró que una novela interesantísima lo esperaba justo cuando ya empezaba a aclararse quién era el criminal. Se despidieron y se fueron.

Sólo don Gonzalo Peláez quedó allí mirándolo con sus ojos tiernos y acuosos, sin poder inventar un pretexto y sin atreverse a conversar. Teobaldo se llenó de rabia y sin juzgar necesario despedirse del viejo señor, echó a andar hacia su casa insultando por lo bajo. Y no fue eso lo peor, sino que después de un rato, ya estaban todos en la plaza otra vez, riéndose en voz muy alta y como festejando la anécdota más graciosa de la temporada.

Teobaldo lamentaba con toda su alma haberse acercado a ellos; su indignación lo llevaba a detenerse en detalles mínimos:

—"¿Por qué no hablé yo? —se decía—. ¿Por qué no me despedí cuando se fueron los primeros? ¿Por qué no me quedé hablando con el bestia de don Gonzalo aunque fuera de las telas que vende en su tienda? ¿Por qué no le dije adiós a don Gonzalo con toda naturalidad en vez de darme por ofendido?"

Su primera reacción fue vengarse de ellos en gran forma. Prohibir las reuniones en la calle después de las ocho de la noche o algo así. Pensó en consultárselo a su mujer, pero no quiso confesar el desaire e imaginó que ella le diría que un acto como ese le traería las peores consecuencias, o por lo menos mala fama; así es que no lo hizo.

Durante tres días estuvo devanándose los sesos y por fin decidió pertenecer a otro grupo para que los viejos de la plaza vieran que no se había quedado solo; en cuanto a la venganza... esperaría una oportunidad en la que él no arriesgara nada. Pero eso sí, sería una gran venganza.

Había quedado tan corrido después de su incidente en la plaza, que no se atrevió a presentarse solo ante los del ajedrez, sino que urgió la compañía de Ernesto Arau, un joven que había entrado a trabajar con don Fortunato como secretario porque era pariente lejano suyo y que no demostró inconformidad con el nombramiento de Teobaldo porque tenía necesidad de su sueldo y no se decidía a ser operario de algún taller o dependiente de algún negocio, únicas fuentes de trabajo para los que no contaban con dinero propio en Puerto Santo.

Ernesto estaba perfectamente al tanto de la situación de su jefe. Lo del parque se lo había contado la señora Camargo, que también era su parienta y no tuvo mayores objeciones en acompañar a Teobaldo cuando éste se lo pidió.

Este joven tenía, a los ojos de Teobaldo, cualidades impagables. No se hacía problema de lo que se le mandaba y lo llevaba al cabo con una soltura y una frialdad que siempre le quitaban importancia al asunto. Parecía no tener otra angustia que la falta de dinero, no tener complicaciones psicológicas, no poseer más ambición que la de conservar su puesto. En fin, todo un dechado de cualidades negativas.

Si Teobaldo se hubiera puesto a pensar en lo que su secretario sí quería, en lo que probablemente era, en lo que sentía, se hubiera visto ante un grave dilema, porque Ernesto era por encima de todas las cosas una persona muy difícil de conocer y mucho más teniendo en cuenta las posibilidades y la situación de Teobaldo.

Ernesto tuvo una vez una respuesta para Teobaldo que lo dejó asombrado por su precisión.

Fue después de la primera entrevista con los del ajedrez. Éstos lo habían recibido con sencillez y lo habían invitado a jugar. Ernesto se sentó también

42

frente al tablero y declaró que puesto que él no sabía nada del juego, su lugar era el de la observación, "a ver si aprendía algo de tan buenos maestros". Empezaron las cervezas a ir y venir, Teobaldo se animó tanto que ya no distinguía un peón de un alfil y aunque le ganaron varias veces, no se ofendió.

Salió muy contento y entre broma y broma le preguntó a Ernesto cuándo y con quién pensaba casarse, seguro de provocarle una gran turbación. Ernesto contestó sin apresuramiento y sobre todo sin la más mínima emoción:

—Me casaré dentro de dos o tres años con alguna de las Camargo.

Teobaldo se le quedó mirando de hito en hito y no tuvo nada que comentar. Al día siguiente, ya con la cabeza más clara, reflexionó que los matrimonios por conveniencia eran muy normales y que nada tenía de particular el proyecto de Ernesto. Pero conservó una sensación de extrañeza que él atribuía a la anticipación del plan o al tono con que fue expresado.

Ernesto acompañó a Teobaldo durante los diez o quince días que siguieron y justamente cuando este último empezaba a sentir que ya no le era necesario, dejó de hacerlo, pero sin abandonar las reuniones en forma definitiva. Se limitaba a tomar una cerveza que siempre pagaba y se despedía al poco rato de que Teobaldo llegaba. A éste le pareció una solución magnífica; así los del ajedrez no caerían en la cuenta de que la presencia de Ernesto no había tenido más objeto que reforzar la suya.

Teobaldo sufría cuando jugaba con don Sebastián, el sastre, no porque fuera mejor jugador que los demás, sino porque se ponía furioso cada vez que Teobaldo hacía una jugada de baja calidad. No le decía nada, pero lo miraba con unos ojos de reproche que ponían a Teobaldo entre espinas y empezaba a darle a la mesa unas ligeras pataditas rítmicas que hacían temblar el tablero y las piezas. Teobaldo pensaba:

—"Me encantaría ponerte una buena multa por tirar a la calle los recortes y los hilachos de tu taller."

Con eso se consolaba y ponía buena cara. Luego colocaba uno de sus caballos frente a un peón de don Sebastián, y éste, al tiempo que lo comía, redoblaba las pateaduras. Teobaldo comentaba para sus adentros:

—"Este loco del sastre se pondrá feliz el día que le gane."

Pero el tal día no llegaba nunca, porque Teobaldo no había nacido para el ajedrez; en cuanto se sentaba frente al tablero parecían acosarlo una serie de preocupaciones recónditas muy ajenas al juego; pedía la segunda cerveza y suspiraba. Añoraba la existencia de otro centro de reunión más agradable y ya para la tercera cerveza, se limitaba a añorar otra existencia.

Ernesto, entre tanto, miraba con igual atención el juego absurdo de Teobaldo, el del sastre y el de la otra pareja, juego este último muy meditado y a veces casi hermoso. Luego, en un momento que era siempre el menos forzado, el más natural y propicio, se despedía de ellos.

Se le veía caminar hacia el mar, donde quedaba todavía en lo negro del cielo una especie de huella rojiza, una oscura cicatriz de sol. Allí se entretenía como si estuviera confundiéndose con el paisaje, lo único grandioso y absorbente de Puerto Santo, con la intención de permanecer invisible el resto de la noche.

Con ese aire de invisibilidad muy ensayado, iba

enredándose entre callejuelas y calles principales, en una especie de crucigrama que engañara a los portosantinos tan afectos a descubrir actitudes misteriosas. Por fin, después de haber caminado lo doble que si se hubiera dirigido rectamente hacia allá, entraba por la puerta trasera, peligrosa invención de los primeros habitantes de la ciudad, a la casa de Teobaldo López, presidente municipal de Puerto Santo y símbolo de la democracia en tan apartado lugar.

VII

FLORINDA en persona le abrió la puerta, cubierta con un ligero y largo chal que le caía desde los hombros y caminando con gran cuidado para no clavar los tacones de sus escotadas zapatillas negras en el lodo y otras menudencias que abundaban en el patio de los López, pues allí guardaban conejos, gallinas y hasta un puerco.

Lo guió de la mano hasta pasar la puerta que llevaba al jardín; allí, bajo un naranjo que empezaba a florecer, lo besó ardientemente en los labios.

Luego llegaron a la habitación de Florinda, donde ésta dejó caer el chal al suelo para mostrarse ante Ernesto con una bata negra y transparente que había confeccionado con sus propias manos en los ratos que la dejaban libre las labores de las caridades.

La bata dejaba ver todo, pero no por eso tenía el escote menos bajo de adelante ni el cuello menos alto de atrás, ni Florinda se había colocado sin enseñar una rodilla blanca y redonda que la traicionaba como mala rezadora.

Ernesto la observaba como siempre lo había hecho: con más curiosidad que afecto, con más interés de investigador que arrobamiento de enamorado. Pero estaba hermosa, pensó. Había no sé qué de candidez en su exhibicionismo y no sé qué motivo que no era el muy sencillo de agradar al amante.

Florinda tomó un cigarrillo de mala calidad y lo puso en una boquilla negra, que también era de confección casera; la había comprado a unos indígenas en el mercado y luego se había ocupado de pintarla de negro con filitos de oro. Prendió el cigarro, empezó a fumar, y luego, después de cerciorarse de que ya era la hora en que venía con más fuerza la electricidad, porque de día no alcanzaba sino para lo más necesario, puso un tango en el tocadiscos y lo echó a andar.

Florinda se tiró en un sillón, ahora enseñando las dos piernas, y se sintió dichosa. Fumaba, escuchaba música, Ernesto la miraba... era completo, al fin.

Florinda no había caído en la cuenta que lo que ella hacía no se reducía al hecho de tener un amante. Que no añoraba a Ernesto, sino que requería su presencia para mostrarse como ella quería ser vista; que aunque tenía relativamente poco tiempo para estar con él, el día de hoy no se le había acercado sino para besarlo bajo el decorado del naranjo y que no le había dicho una palabra.

Tampoco había reflexionado en la curiosa ductilidad de Ernesto, que jamás había intentado imponer sus gustos del momento y que siempre la dejaba hacer. No se le había ocurrido que cualquier otro que estuviera en el lugar de Ernesto, en vez de asistir a lo que ella tenía programado para su satis-

46

facción, hubiera seguramente buscado la satisfacción propia.

Una cosa sabía Florinda, más por instinto que por haberlo observado, porque en esos momentos no veía nada que no fuera ella misma y era que Ernesto no se burlaba de ella, que en esa mirada seria que le dedicaba en ocasiones como ésta, no había desprecio, ni risa, no había, en suma, ninguna manifestación que de algún modo la ofendiera.

Lo que sucedía en gran parte era que Ernesto sentía al mirarla una desconcertante mezcla de admiración y de envidia. Le admiraba la intensidad con que vivía esos ratos tan complicados, tan preconcebidos. Tenía la sensación de contemplar que una persona estaba *viviendo*, espectáculo que no había encontrado antes; lo único que podía comparar con aquello es la concentración de los niños en sus juegos.

A Ernesto no le importaba que la vida de Florinda estuviese centrada en algo tan convencional, lo que le gustaba era verla vivir. Y la envidiaba porque él, Ernesto, jamás hubiera tenido el descaro de mostrarse así ante otro, quienquiera que fuese. Este atrevimiento, esta impudicia, eran más excitantes para él que cualquier relación amorosa por apasionada que fuese.

El hecho de ser él el cómplice, el único espectador de aquello que con ser inventado era también auténtico, era lo que más le emocionaba. Era partícipe de aquello, era en cierta forma suyo.

Florinda lo llamó.

—Ven —de dijo—. Arrodíllate a mi lado —él obedeció—. Ahora dime "je t'aime".

Era una versión castellana de una frase que Florinda había leído en una novela traducida a medias, "para que tuviera más sabor" y que tenía notas

47

aclaratorias al pie de algunas páginas. Esa nota decía: "Te amo", en francés.

Ernesto dijo sin vacilar:

—"Je t'aime."

Florinda empezó a acariciarle los cabellos y a besarlo, y Ernesto, con un sexto sentido, ese mismo que le hacía ser el hombre discreto y natural, siguió paso por paso la escena de la novela que Florinda quería reproducir fielmente.

Ella se lo agradeció mucho, como le había agradecido la inteligencia superior con que comprendió lo que ella quería decir el día en que le deslizó en la mano, ante los mismos ojos de las honestas señoras de la beneficencia, un papelito que fue su primera cita y que sólo tenía escrita una hora de la noche.

Esta comprensión era valorada por Florinda en su justo precio y frecuentemente la recordaba como la cualidad más sobresaliente de su amante. Al día siguiente de la cita, no pensaba en los labios de Ernesto, ni en su cuerpo, ni en las palabras que le decía al oído, sino "en el momento en que él supo... cuando él entendió". Después, según sus diferentes ocupaciones, pensaba en diferentes cosas, hasta que llegaba la noche, la hora de la fantasía real.

Otra peculiaridad de Florinda era que, cuando la representación había culminado, hacía lo mismo que una actriz al caer el telón. Empezaba a hablar de toda clase de cosas en su tono normal, como si lo que acababa de pasar correspondiera a la vida de otra persona.

Esa noche, Ernesto esperaba ese momento, no digamos con impaciencia, pero sí con una preocupación especial, porque tenía una noticia que darle. Algo que podía dar al traste con las funciones si no le ponían un remedio inmediato. Y aunque él sabía que unas relaciones tan especiales no podían durar toda la vida, ni esperaba que así fuera, tampoco quería que terminaran tan pronto y en la forma en que suponía que podría suceder.

Florinda dijo de pronto:

—Esas condenadas viejas me tienen harta con sus estupideces; no saben hablar más que de esos cerdos que tienen por maridos. Voy a terminar por decirles que cada una vaya a tejer a su casa y me manden las costuras con la criada. Figúrate que Eneida se pasó toda la tarde diciendo que ese gusarapo de don Miguel es nada menos que un león, un tigre y quién sabe cuántas cosas. Y la maldita viuda Rendón me rayó dos de mis sillas recién barnizadas con sus zapatotes de albañil. En cuanto a Hermelinda y doña Cándida se la pasaron secreteándose y creo que hasta se pelearon, porque al rato se quedaron calladas, con unas caras que daba miedo. Luego las hermanitas Camargo, haciendo gala de que todavía tienen el pecho plano, vestidas iguales y con unos cuellotes que les llegan hasta la cintura... ¡Las odio!

Florinda se olvidó de su bata negra y se puso una verde de algodón, con sus pantuflas de tacón bajo. Tropezó con la boquilla que estaba en el suelo y la mandó rodando bajo la cama. Apagó el tocadiscos y metió el tango en un cajón de la cómoda.

—"Para hacer eso también se necesita descaro", —pensaba Ernesto, mientras la observaba y oía sus opiniones sobre las damas de la buena sociedad que tanta astucia le había costado llevar a su casa.

Cuando Florinda se hubo desahogado, Ernesto le dijo:

—Debo decirte algo que espero no te alarme demasiado. Anoche, al salir de aquí, me pareció ver un hombre cerca de la ventana.

49

—Ilusiones tuyas —contestó ella inmediatamente.

Para ella, todos los datos de los sentidos ajenos, por más comprobados que estuvieran, eran mera fantasía.

—No, por desgracia no eran ilusiones. Me acerqué a él y echó a andar a toda prisa. No quise seguirlo porque me pareció que era llamarle la atención más de la cuenta y que me reconociera si es que no me había visto desde afuera.

Un secreto absoluto era tan imposible en Puerto Santo, como una habitación bien cerrada; si uno no deseaba morirse de calor, debía por fuerza dejar las ventanas entreabiertas y arreglar la cortina como mejor se pudiera, pero las cortinas tampoco eran gruesas; todas eran de tela delgada y por lo general muy blancas y caladas.

—Sería un borracho —aventuró Florinda, todavía incapaz de aceptar la existencia de un hombre real y lleno de intenciones.

Ernesto siguió.

—Hay algo más. Ya van varias noches que al salir de aquí me parece ver a alguien. No precisamente en tu ventana, pero sí cerca de la casa. Siempre de espaldas y en actitud de irse.

Florinda estaba habituada a que muchas conductas de las personas de Puerto Santo estuvieran influidas por las novelas, como era su propia experiencia. Así se lo dijo:

—¿No estarás leyendo novelas de fantasmas o de asesinatos?

Ernesto había leído muy pocas novelas, no tenía paciencia ni le interesaban las cosas que no estaban a su alcance inmediato. Las novelas le revelaban un mundo inútil para él y por lo tanto vacío.

—No —no le aclaró que no leía por no molestarla—. Estoy perfectamente seguro. Era un hombre vestido de blanco y con sombrero de paja.

Esta imagen que para otra persona no hubiera aclarado nada, hizo estremecer a Florinda porque le recordó, en la indumentaria esencial de cualquiera de sus hombres, la buena sociedad de Puerto Santo. En cuanto tuvo miedo pensó rápido. Apenas había terminado Ernesto de hablar cuando ya estaba contestándole.

—Mira, voy a hacer un escándalo antes de que me lo hagan a mí. Voy a decirle a todo el mundo, empezando por mi marido, que hoy, al desvestirme, noté que un hombre me espiaba. Que grité y él huyó. Dejaremos de vernos durante una semana y Teobaldo pondrá gente que vigile la casa de noche. Así se asustará y no volverá.

A Ernesto se le ocurrieron muchas objeciones al plan de Florinda: el escándalo que ella pensaba provocar podía volverse contra ellos de alguna manera. El hombre que había visto no podía ser de clase inferior, porque le había parecido notar algo de oro que no pudo precisar si era la cadena de un reloj o el mango de un bastón apretado contra el pecho; su situación peligraría en lo presente y en lo futuro, etc. Pero no le dijo nada.

Se dejó reducir por la rapidez de Florinda y por su atrevimiento. No quiso ser menos que ella en un momento así y le dio vergüenza pasar por temeroso. Además le latía el corazón, ese corazón suyo tan indiferente, pensando en el doble papel que forzosamente habría de jugar en el asunto, en las escenas comprometedoras para los otros, en la actitud de Teobaldo cuando se enterara del asunto y en otros detalles igualmente regocijantes.

Sintió que iba *a vivir* un poco, así como Florinda lo hacía a su manera, y que podría ser hábil, verdaderamente hábil, en un enredo que merecía su ingenio; no como aquellas idioteces del presidente municipal que se arreglaban más bien con su silencio.

Se despidió de Florinda y salió a la calle sin siquiera acordarse de buscar al hombre vestido de blanco. Conforme avanzaba, sentía en el alma una agradable sensación de poder y de superioridad intelectual.

VIII

FLORINDA se fingió dormida cuando llegó Teobaldo. Durmió unas horas y volvió a fingirse dormida cuando él salió de su casa para el Palacio Municipal.

Mientras tanto, pensaba que lo mejor no era decírselo a Teobaldo sino a algunas otras personas, porque Teobaldo pudiera sentirse acobardado o sin ganas de hacer lo que iba a pedirle.

Últimamente trataba de hacer lo contrario de lo que ella le decía, como para sacudirse de un dominio invisible y ganar una independencia grotesca apoyada en un absurdo. Esto lo demostraba en las cosas más pequeñas. Si ella le aconsejaba que sacara a la calle su capa de hule porque iba a llover, consultaba al cielo y le respondía que estaba loca. Luego regresaba empapado y de muy mal humor. Si le indicaba que tomara unas cucharadas para esa tos que aumentaba cada día, Teobaldo permitía que le diera bronquitis y trataba de toser bastante en el Palacio Municipal, para no llamar la atención en su casa y así por el estilo.

Florinda pensaba a quién sería bueno decírselo primero y descartó a Hermelinda y a Eneida.

—Hermelinda se cree muy discreta —pensó—. Y su recámara da al interior, así es que no se alarmará. Eneida tiene siempre tantas cosas que decir que ya nadie le cree...

Pensó en doña Cándida Camargo, pero la perspectiva de una visita a su casa la llenó de fastidio. Se imaginó a las niñas, sus ademanes, su manera de escandalizarse y sintió repugnancia.

Entre las personas de cierta importancia no le quedaba más que la viuda Rendón. Las otras mujeres que conocía no eran suficientemente influyentes y lo último que deseaba es que el asunto quedara como chisme para alimento de las conversaciones del atardecer.

Se decidió por la viuda y después de arreglarse con sencillez se dirigió a las oficinas del negocio de alcohol.

La viuda tenía un cuarto en un segundo piso, uno de los pocos segundos pisos de Puerto Santo, desde donde vigilaba los movimientos de sus empleados. Por una gran ventana veía el patio, lo que salía y lo que entraba por la puerta trasera; por una ventana más pequeña practicada a ese propósito veía lo que hacían en el interior del primer piso. Allí tenía una serie de barriles y recipientes de diferentes tamaños y unas largas mesas para embotellar y pegar etiquetas. Una de las paredes estaba enteramente cubierta de botellas vacías y limpias; la que le hacía ángulo, lo estaba también pero de botellas llenas de líquidos de diferentes colores. Todas tenían impreso el nombre de la viuda: Ron Rendón, Crema de Mandarina Rendón, Crema de Naranja Rendón y hasta unas innovaciones que la viuda había implantado de tanto catar y saborear; crema de guanábana y crema de mango. El negocio marchaba viento en popa.

53

El cuarto que hacía de oficina de la viuda era más revelador de su personalidad que su casa, donde había un ambiente familiar que era el de la viuda cuando había estado casada y que ella quiso conservar. Era el pasado que compensaba de su presente a ella y a las personas de su amistad.

Aquí tenía dos sillas giratorias, una mesa permanentemente llena de papeles, colillas por todas partes, ceniceros de lata llenos hasta derramarse, un mapa desvaído y ladeado sobre la pared, una caja fuerte y un armario donde guardaba vasos y muestras de su mercancía.

En ese cuarto había un olor a aguardiente tan concentrado que nadie que no estuviera habituado a él podía soportarlo por mucho rato. El olor llenaba el piso bajo, el patio y salía hasta la acera.

Allí recibía Elenita a los que iban a hablarle de negocios y aunque no tenía inconveniente en que otros también la visitaran, no era lo usual.

Por eso, al escuchar la voz de Florinda que preguntaba por ella en el piso bajo, enarcó una ceja y se preparó a escuchar algo especial.

Pero no era ése el cariz que Florinda planeaba darle a la visita; así es que subió con mucha naturalidad y le dijo que había pasado por allí casualmente y que al recordar que ella se encontraba trabajando a esas horas, quiso saludarla.

Elenita se fijó en el calendario para saber si estaba atrasada en el dinero de las caridades que ponía en manos de Florinda todos los primeros de mes. Pero no, estaban a veinte y no podía ser eso.

Le ofreció asiento en una de las sillas giratorias y no se le ocurrió disculparse por la suciedad del piso ni por el desorden de su mesa. Si querían verla cuando trabajaba, la verían como era cuando trabajaba. Encendió un cigarro.

54

—Y ¿cómo le va a Teobaldo de presidente municipal?

Ésa era una pregunta que nunca le había hecho en su casa, pero allí, en su oficina, no le parecía fuera de lugar.

—Bien, —contestó Florinda y de pronto se rió; luego miró a la viuda con una coquetería muy estudiada, como si se tratara de pedirle una concesión a un secretario de Estado—. Pero creo que pronto tendrá algo qué hacer. Imagínese usted lo que me sucedió...

Le contó con cuidado, con esmero, sin traicionar la más mínima alarma, la historia que había esbozado a Ernesto. La viuda se quedó muy pensativa.

—Y dice usted que no reconoció al hombre...

—No —dijo Florinda, con candor—. Sólo vi el sombrero y el traje blanco.

—No podía usted decir si era gordo o flaco... por ejemplo.

—Era gordo —siguió Florinda con mucho aplomo—. Y aunque es una cosa sin importancia, un presidente municipal no puede tolerar que le falten al respeto a su mujer en esa forma.

—¿Qué dijo Teobaldo cuando lo supo?

—Que va a mandar vigilar la casa —contestó Florinda sin vacilaciones.

—¿Desde esta noche? —preguntó de nuevo Elenita y jugaba con un manguillo casi intocable de tan manchado de tinta que estaba.

La pregunta sorprendió a Florinda. Era una de esas preguntas precisas que corresponden a una intención determinada. Se turbó, teniendo en cuenta que Teobaldo todavía no estaba enterado. Pero decidió que fuera desde esa noche.

—Sí.

55

La viuda escuchó el ruido de un barril que rodaba, se acercó a la ventana y gritó:

—¡Cuidado, pendejo!

Luego, sin inmutarse, le dijo a Florinda:

—Hay que cuidar la moral de Puerto Santo.

Eso era justamente lo que Florinda esperaba que la viuda dijera, pero el tono de ésta, tan poco entusiasta, la desilusionó. "Quién sabe cuántas cosas hará aquí esta vieja —pensó Florinda—, donde no se escandaliza de nada..." Sin embargo, le dijo con un tono ligero y todavía coqueta:

—¿Le parece que sea tan grave?

La viuda midió sus palabras.

—No he dicho que sea muy grave. Pero sí que es señal de inmoralidad.

Florinda miró al suelo y dijo con aspecto inocente, a ver si podía sacar de la viuda un poco de indignación.

—No había pensado en eso...

La viuda calló. Miró a Florinda con cuidado y prendió otro cigarro. Le quedaron unos pedacitos de tabaco sobre el labio y los escupió encima de sus papeles. Luego habló en un tono profundo y como nostálgico.

—Puede que tenga usted razón, Florinda, y no haya que verlo de ese modo. Al fin y al cabo, yo no soy más que una vieja y mi opinión puede resultar anticuada.

Florinda se desilusionó a tal extremo que casi perdió la palabra. Ahora iba a ser necesario buscar otra persona a quien decírselo. La viuda en su oficina era más cautelosa que nunca, tal vez en su casa todo hubiera sido diferente y eso no lo sabía Florinda antes de ir. Por otra parte, el olor se le iba haciendo inaguantable, no sabía cómo Elenita soportaba un trabajo tan hediondo.

Se puso en pie y dio dos pasos. La viuda seguía sentada.

—Bueno, pues ya la saludé. Ahora tengo que volver a casa.

La viuda se levantó y sin más trámite le abrió la puerta con un ademán que se acercaba a la caballerosidad.

—Buena suerte. Nos vemos el jueves.

Florinda bajó las escaleras despacito y atravesó el primer piso sin fijarse en nada. La viuda la vio salir desde la ventana y por allí hipnotizó a sus empleados para evitar cualquier comentario.

Empezó a darse vueltas en su silla giratoria en forma rítmica: dos para acá, dos para allá. Luego se detuvo y miró el mapa. Había algo que no se explicaba en forma clara.

Se puso en pie, fue al armario y se sirvió medio vaso de ron. Se sentó de nuevo y se dedicó a paladearlo. Había dejado la botella sobre la mesa y vio la etiqueta: Ron Rendón. Se acordó de su marido y tiró un beso al aire con la punta de los dedos.

—Ése sí era hombre —dijo.

La viuda Rendón no sabía que ese amor se parecía ya mucho al narcisismo, pues aquella admiración por su marido muerto lo había convertido en su ideal de todos estos años y a estas alturas, ella era más Rendón que Rendón mismo.

Terminó su vaso de ron y se dedicó a pensar en firme. En ese instante no quería sentimentalismos porque le parecía necesario hacer algo, sólo que nada podía hacer mientras no atara cabos.

Lo que la intrigaba más que el todo del asunto era un especial detalle, pero no podía explicárselo.

Por fin, chasqueó la lengua y se levantó.

—¡Ah qué carajo! —dijo.

Guardó su vaso y su botella. Sacó un cepillo con

el que se sacudió la ceniza que había caído sobre su traje negro. Luego murmuró.

—Ni remedio, me iré para allá a ver qué se le ocurre a ella.

Tocó su caja fuerte para ver si estaba bien cerrada, cerró su oficina con una llave de doble vuelta y miró a sus empleados. Desde arriba, como si se tratara de un discurso, gritó:

—Oigan... tengo que salir con urgencia, pero regreso a la tarde, como todos los días. Si alguien me busca, le dicen que estoy en casa de mi hermana.

Después atravesó el piso bajo deteniéndose aquí y allá, mirando si la última remesa de botellas tenía las etiquetas bien pegadas y a buena altura, si estaba todo en orden y si cada uno de los empleados trabajaba en el lugar y en la actividad que le correspondía. Pero en cuanto alcanzó la calle, echó a andar a toda prisa.

IX

FLORINDA estaba descontenta de su visita, pero no se animaba a estar verdaderamente indignada. La viuda con su oficina, sus gritos y sus reservas mentales había conseguido inquietarla.

Elenita, en otras ocasiones, se mostraba exaltada e implacable en todo cuanto se tratara de moral y no hallaba motivo para que esta vez se hubiera conducido en forma tan distinta. Además, otro de los amores de la viuda, aparte del difunto señor Rendón y la familia Camargo, era Puerto Santo. Cualquier novedad o suceso que pudiera llamarse de orden público quedaba sujeto a sus más serias consideraciones y siempre decidía por el bien de Puerto Santo.

Fue una de las más fervientes propagandistas del nuevo sistema de desagüe, por ejemplo, y pasó alrededor de dos meses visitando casa por casa para convencer a los dueños de los inconvenientes del sistema antiguo. ¿Cómo podía ahora quedarse casi indiferente ante tamaño crimen? Un hombre de Puerto Santo habíase dedicado a la criminal tarea de espiar a una de las santas mujeres de Puerto Santo y a ella parecía no importarle.

Florinda no lo entendía y hasta se le ocurrió que la viuda había actuado así porque el objeto del atentado había sido ella, quien posiblemente no era todavía considerada de tantas polendas como las demás. Esta idea no la ofendió en principio, pero tampoco le dio albergue por mucho tiempo, pues aunque la viuda la discriminara, al perverso no podían achacársele prejuicios sociales y como la había espiado a ella, podía muy bien espiar a las otras.

Iba sumida en estos pensamientos cuando se dio de narices con Eneida, que parada en una esquina se cubría del sol con su sombrilla anaranjada.

Se saludaron y Florinda estuvo indecisa entre decírselo o no. Su primer impulso fue el de despedirse de ella en seguida, pero luego reflexionó que si Eneida se enteraba por la viuda, esta última se intrigaría por el hecho de que sólo se lo había contado a ella.

Se lo dijo y Eneida pegó un grito de júbilo.

—¡Al fin! —exclamó—. Al fin hay alguien a quien le sucede lo mismo que a mí. Nada más que yo no me atrevía a decirlo. Allí tienes que la otra noche estaba yo envuelta en mi toalla, acabando de salir del baño y dije: "Voy a ponerme un poco de talco para oler a violeta." Me senté sobre la cama y empecé a polvearme con mucho cuidado, cuando alzo los ojos y veo una cara que, sin exageración, me pareció iluminada por los azufres del infierno. Grité, pero no había nadie en la casa. El hombre lanzó una carcajada y desapareció. Cuando me asomé a la ventana, no había nadie.

Florinda echaba chispas. Esa mujer era verdaderamente lo último del mundo. Y ahora ¿quién la callaba?

—Pues sí, Florinda. Miguel, que como bien sabes es un hombre encantador, me encargó directamente al barco un abanico color de rosa de plumas de avestruz. Es un sueño, tiene como ochenta plumas... y todo para que cuando vaya a algún baile, me pueda soplar a gusto.

Florinda interrumpió.

—¿Cuántas plumas dices que tiene tu abanico? ¿Ocho?

Eneida no cayó en la cuenta de la notable disminución.

—Sí, porque el último baile fue terrible para mí. Imagínate que con el calor y los reflejos de ese candil de treinta luces, me salieron ampollas en la espalda. El pobre de Miguel tuvo que salir corriendo a la mitad del baile para comprarme una pomada.

Florinda dio pruebas de su capacidad de observación.

—Ese candil de cuatro luces da mucho calor.

—Y encontró todas las boticas cerradas, porque era año nuevo. Pero localizó al boticario jugando ajedrez y...

Para Florinda aquello iba tomando las magnitudes de una pesadilla; desde hacía rato se había metido bajo la sombrilla de Eneida para protegerse del sol, pero ésta se la cambiaba de mano a cada se-

60

gundo, mientras describía los sucesos del baile, y Florinda empezaba a sudar.

Para sacarle provecho al mal momento, quiso, sin embargo, insistir en el asunto, pues pudiera ser que Eneida lo recordara y lo contara si se le quedaba suficientemente grabado. Esperó a que la otra tomara aliento y empezó:

—¿No te parece que eso que te conté del hombre que me espió es un ataque a las buenas costumbres de Puerto Santo y que habría que ponerle remedio?

Eneida respiró y dijo:

—Mi papá, que era un gran hombre, me contó que una vez se desató una cadena de locura en Puerto Santo; cuando él era muy joven. Tanto los hombres como las mujeres se soltaron haciendo extravagancias por las calles más importantes.

—¿No sería durante un carnaval? —interrumpió Florinda.

—No. Fue en el mes de agosto. Luego, mandaron traer un médico especial de México y entre él y mi papá pusieron el orden. Fue por el calor.

—Sí —dijo Florinda—. Hace muchísimo calor. Adiós, Eneida.

Florinda siguió su camino hacia su casa cada vez con el ánimo más insatisfecho. Se sonrió con ironía. Nadie hubiera creído que era tan difícil hacer un escándalo en Puerto Santo. Pensó que después de hablar con Teobaldo, si éste no respondía en forma adecuada, iría a visitar a las Camargo, pero la perspectiva no la entusiasmaba.

Sin saber cómo, antes de llegar a su casa, se imaginó en un baile muy suntuoso, con cortinajes de terciopelo las ventanas, las paredes adornadas con filos dorados y pendiente del techo un candil de treinta luces. Ella, en el centro del salón, vestida como correspondía, se abanicaba con un manojo de plumas de avestruz, todas color de rosa.

Eneida llegó a su casa al mismo tiempo que don Miguel. Se saludaron afectuosamente y se sentaron a la mesa. Mientras Eneida tragaba la primera cucharada de sopa, don Miguel dijo:

—He pasado toda la mañana cobrándoles a ese par de gigantes que alquilaron los dos huertos detrás del cerro. Primero traté de convencerlos por las buenas, pero después, como se mostraron renuentes, di un manotazo en la mesa. Se pusieron pálidos porque ¿sabes qué había hecho sin darme cuenta? había cuarteado el mármol. Sí, la cubierta de mármol. En seguida me pagaron. Y sus mujeres ¡cómo me miraban!, una de ellas salió hasta la puerta para tocarme con disimulo los músculos de la espalda. Pero yo... ¡impávido! Ya sabes que para mí no hay más mujer que tú.

Eneida lo sabía de sobra, y desde hacía unos dos años, sabía que estaba bien instalada y para siempre en el ocurrente cerebro de don Miguel, en su corazón y... nada más.

De entonces a acá, don Miguel se la pasaba deslumbrándola con sus hazañas y ella no se lo tomaba a mal. Más bien le parecía un milagro que él hubiera empezado a hablar de sí mismo, como ella hacía tiempo que venía hablando de él.

En cuanto a don Miguel, también se tomaba las cosas con mucha calma, porque tenía la teoría de que a las mujeres hay que tenerlas siempre impresionadas y entendía que contarles exageraciones sobre uno mismo de vez en cuando, no era sino uno de los deberes más sagrados de todo buen marido.

En cuanto terminó de hablar, se dedicó a comer con mucho apetito y dejó a Eneida el exquisito placer de llevar la conversación. Después de la comida, Eneida se iría a dormir la siesta y él leería una nueva novela. Luego se cambiaría de ropa y a la plaza...

Así era la vida y no había por qué intentar cambiarla, además era fácil, era bonita. Era como un buen párrafo escrito por su novelista preferido: siempre se le podía agregar un pedazo sin que perdiera nada, más bien ganaba.

Esto, no sólo en cuanto a lo que decía, también en lo que hacía. Así había sido en su juventud. Cuando se casó por primera vez, su mujer había sido una dama austera y veraz, pero don Miguel no había sufrido; simplemente le daba por su lado.

A su muerte, decidió escoger una esposa más a su medida y se fijó en Eneida. Aquella muchacha pasada de peso y locuaz le haría buena pareja. Cuando alguien le hizo notar que era demasiado joven, él contestó que el alimento de la carne femenina era la fantasía; cuando otro le dijo que era demasiada carne, don Miguel se rió mucho y dijo que para el hombre de bien no existía límite en esa materia, y como para todo tenía una respuesta, lo dejaron en paz sin que tampoco esas observaciones hubieran llegado a hacérsele molestas.

Eneida le dijo cuando terminaban de comer el pescado en salsa mayonesa:

—Tenía algo que contarte, pero no me acuerdo... no me acuerdo. —Luego, agregó muy contenta—. ¡Ah, sí!, que anoche ví un fantasma caminando por el patio con su bata blanca. ¿No habrá un tesoro escondido?

Don Miguel le explicó que esa casa perteneció a sus antepasados y que éstos eran grandes administradores que todo invertían en inmuebles como quedaba demostrado por las propiedades que había heredado, por lo tanto era sumamente improbable que en su patio hubiera dinero enterrado; pero que si algún día ella estaba de humor o le quedaba alguna duda, llamaría al jardinero para que hiciera unas excavaciones.

Eneida le contestó que amaba sus flores sobre todas las cosas y que prefería que no se las echaran a perder.

X

CUANDO la viuda llegó a casa de la señora Camargo, doña Cándida atravesaba el patio en dirección al aljibe con dos cubetas en la mano.

La viuda la llamó y las dos se sentaron en un arriate a la sombra de un mango joven que ya estaba pensando doña Cándida en transplantar al patio trasero.

La viuda le dijo:

—Acaba de irme a ver la mujer del presidente municipal para decirme que vio un hombre espiándola por la ventana como a las doce de la noche. —Doña Cándida la miró a los ojos.— Y que esta noche va a poner guardias en su casa para meter a la cárcel al fisgón.

Doña Cándida le apretó las manos a su hermana. Por fin le dijo, sin decidirse a creer lo que pensaba.

—¿Será Fernando?

La viuda hizo un gesto. Tenía ganas de fumar, pero una de las privaciones que se imponía a sí misma, era la de no fumar jamás en casa de su hermana ni en su propia casa. Doña Cándida siguió:

—¿Será eso lo que hacen?

Elenita callaba; con su hermana, lo mejor era dejarla llegar a conclusiones por su propio paso.

—¿Crees tú que son capaces? —en seguida llegó a la primera conclusión—. Entonces deben de haber espiado a media ciudad. Fernando llega alrededor de la una —llegó a una segunda conclusión—. Eso quiere decir que se pasan dos horas espiando —aquí doña Cándida se decidió por las preguntas concretas—. ¿Ella reconoció al hombre?

La viuda sacó una tableta de chicle. No sabía qué hacer con las ganas de fumar.

—Dice que era gordo.

—¿Entonces no lo reconoció?

La viuda empezó a decirle lo que había estado pensando, o parte, por lo menos.

—Mira, Cándida. Esa mujer me fue a ver a la oficina especialmente para contármelo. Si no hubiera hecho alguna relación con Fernando, no habría razón para que fuera a verme a mí en particular.

Doña Cándida se tocó la frente. Estaba disgustadísima: una emoción que oscilaba entre el dolor y la indignación iba literalmente sacudiéndola. La viuda quiso añadir una cosa más, aquella cosa que desde un principio la había sumido en un mar de confusiones.

—Y hay algo más. ¿Por qué me lo contó? No sé si sería para que avisáramos a Fernando, pero si fue por eso, ¿cómo pudo suponer que estábamos al tanto de tamaño despropósito?

Doña Cándida seguía atentamente las palabras de su hermana.

—No, no es posible que piense que lo sabemos.

—Entonces ¿por qué fue a decírmelo?

Ninguna de las dos mujeres había dudado en lo más mínimo que don Fernando era el aludido; era su instinto de hembras suspicaces ante las actitudes masculinas, ese instinto heredado y largamente practicado.

El verdadero problema era la visita de Florinda que, dirigida a la viuda, las enredaba y las hacía cómplices del crimen.

Doña Cándida ardía en deseos de entrar en acción, pero como no había por el momento ningún punto adonde encaminar sus actividades, se revolvía en el arriate sin saber qué hacer.

Elenita, por su lado, quería saber la actitud definitiva de su hermana para decidir la suya, pero le parecía egoísta urgirla en un momento así. Se puso a divagar un poco para darle tiempo.

—No es posible tampoco que Hermelinda y Eneida estén enteradas.

Doña Cándida contestó:

—¡Pensar que hasta el bobalicón de don Gonzalo anda en esa empresa!

La viuda se rió. Le hacía una infinita gracia pensar en don Gonzalo como en hombre que se interesa por mirar mujeres desvestidas.

—Donde menos se piensa salta la liebre...

Doña Cándida siguió:

—En cambio el don Miguel siempre ha sido pícaro. ¿Te acuerdas cómo quería vernos las piernas cuando íbamos de paseo en carreta?

De eso hacía aproximadamente cuarenta años. La viuda se acordó de Rendón; él nunca se hubiera visto envuelto en un escándalo así. Pero don Fernando... se necesitaba cinismo. Un hombre de su cultura y de su posición espiando a la mujer del presidente municipal. Pero era el marido de su hermana y ella no tenía por qué externar su opinión. Sin embargo, quería saber lo que la otra pensaba:

—¿Piensas decírselo a Fernando?

Doña Cándida supo en seguida hacia dónde iba a dirigir su actividad. Se subió corriendo sobre el aljibe como si le hubiera picado una serpiente y gritó:

—¡Nunca! —La actitud era análoga a la de la viuda cuando se despidió de sus empleados en lo alto de la escalera, pero el ademán, el rostro, eran los de una sibila en el templo de Apolo. La viuda la miraba con atención pero sin sorpresa, por algo llevaban toda una vida de compartir sus emociones.

—¡Nunca! —volvió a gritar doña Cándida con un brazo en alto y la mano empuñada—. ¡Jamás compartiré las picardías de Fernando! ¡Que caiga la vergüenza sobre mi casa! Prefiero eso a andar de alcahueta de mi marido. Una Arau no se rebaja hasta ese punto. ¡Que reciba su merecido!

Se bajó del aljibe y volvió a sentarse en el arriate. Sus pensamientos caían como rayos sobre la imagen de don Fernando. Estaba pensando que era un canalla y que lo odiaba como a su peor enemigo, pero eso no quería decirlo. En cambio, agregó, con voz más contenida:

—Además la vergüenza no será sólo nuestra. Hay cuatro familias que pasarán por lo mismo y de las mejores. Nadie se sentirá con derecho a criticarnos.

Elenita estaba en desacuerdo, pero no deseaba contradecir a su hermana, que a sus ojos lucía la condición de mártir.

—Sí. Pero imagínate cómo vamos a quedar con Florinda y su marido. Se van a reír de nosotras.

Doña Cándida subió los hombros.

—Si se ríe la que pierde es ella. Se queda sin amigas y sin beneficencia. No vamos a preocuparnos por ella. Y tú por tu parte, deja de pensar en cuáles serían sus intenciones al hacerte esa visita. Nosotras somos dos grandes damas limpias de toda culpa. ¡Que suceda lo que haya de suceder!

Elenita empezó a tronar el chicle. Las palabras

de su hermana le parecían justas; pero considerando que su situación era muy diferente, no se daba por vencida.

En ese momento, sonó el llamador discretamente. Las dos se alteraron. Pensaron que era Eneida, que era Hermelinda, que era otra vez Florinda y hasta que fuera el mismo Teobaldo. Pero era Ernesto Arau.

Ernesto iba a visitar a sus parientas de vez en cuando y en calidad de Arau, tenía plena libertad para hacerlo. No quería abandonarlas por razones sociales en general, pero sobre todo, porque verdaderamente pensaba en alguna de las Camargo como una futura esposa. En esa ocasión su intención era la de hacer una visita cualquiera, pero había escogido esa mañana porque le era imposible estarse quieto en el Palacio Municipal.

El proyecto de Florinda fermentaba en su cerebro y no le dejaba paz. Aunque Florinda no había precisado a quiénes haría sus primeras confidencias, Ernesto había seguido los mismos pasos de las vacilaciones de ella y estaba seguro de que se habría dirigido a cualquiera de las dos hermanas.

Fue la viuda quien le abrió la puerta y Ernesto advirtió un gesto de alivio al ver que se trataba de él. Eso lo confirmó en sus suposiciones.

Salió doña Cándida y entre ella y su hermana se las arreglaron para no mostrarse inquietas, aunque en principio tenían la duda de que él también estuviera en el secreto y su visita fuera una advertencia. Pero Ernesto hizo gala de esa normalidad que lo distinguía.

Mientras conversaban él y doña Cándida, Elenita dio con el motivo real de su desacuerdo con su hermana. Era Puerto Santo. Era ese pueblo que ellas llamaban ciudad, esas calles, esas casas, esa

68

plaza. Elenita no quería ver todo aquello convertido en un hormiguero de chismes dirigidos contra la clase social que ellas representaban con tanta gallardía. No resentía tanto el ataque personal porque ella estaba muy segura de su popularidad y al margen del asunto; pero que todos aquellos que eran lo vivo de la tradición, tan Puerto Santo como Puerto Santo mismo, sufrieran este descrédito en forma pública la hería en sus sentimientos más hondos.

Ella, en el lugar de su hermana, hubiera llevado al doctor a un cuarto aparte y después de decirle lo que iba a suceder esa misma noche, le hubiera inferido las peores humillaciones verbales. Pero doña Cándida era de acción y no de palabra.

Mirando a Ernesto se le ocurrió una cosa. Tal vez podría actuar en forma de que no pasara nada y sin contradecir directamente a su hermana.

—Ernesto, te invito a comer a mi casa.

Ernesto aceptó y como ya era hora de la comida, se pusieron en camino. Mientras se despedían doña Cándida susurró al oído de Elenita:

—Silencio.

Elenita fue a escupir su chicle al jardín y salió sin levantar los ojos.

Apenas habían avanzado media cuadra, cuando Elenita le dijo a Ernesto:

—Sabes, Ernesto, que se ha desatado una cadena de fisgones que son los viejos de la plaza... también mi cuñado. Y resulta que hoy por la noche los van a meter a la cárcel. ¿Lo sabías? ¿Verdad que sí?

A Ernesto lo dejó boquiabierto la noticia. No sabía si Florinda había cometido la locura de acusarlos, si era un chisme evolucionado o si sus parientes tenían el dato.

—No, tía Elenita. No lo sabía.

—Me extraña mucho, con tu posición en el Palacio Municipal.

Ernesto quiso ser humilde y sagaz.

—Eso no me lo dirían. Saben que soy pariente de ustedes y que en seguida iría a avisarles.

—¿Lo harías? —dijo la viuda con los ojos brillantes.

Ernesto sabía muy bien que no lo haría. Había dado un paso en falso y ahora buscaba la retirada.

—Si fuera posible.

—Yo te lo agradecería tanto... —dijo Elenita sin quitarle los ojos de encima.

Ernesto sintió que no le quedaba más remedio que comprometerse; la viuda no aceptaría ninguna excusa. Había sido un idiota en llegarse a casa de las Camargo.

—Te lo prometo, tía Elenita —dijo y él mismo se asombró de haberlo dicho.

Minutos después, durante la comida, meditaba en lo que haría con la información recibida, con la promesa que le había sido arrancada y con todas aquellas alabanzas a la integridad del difunto señor Rendón de quien ya no se acordaba.

XI

A ESAS HORAS, Florinda sostenía con Teobaldo una encarnizada batalla que estaba a punto de hacerla perder la pretendida paciencia con que habitualmente lo trataba.

Lo primero que hizo en cuanto él llegó fue buscarle conversación. Teobaldo no le hizo el menor caso; ni siquiera sucumbió a las tentaciones que su

mujer le puso delante recordándole su siempre citado viaje a Veracruz. Estaba tan escamado en
todo lo que a ella se refería, que le parecía que la
mejor forma de resistírsele era no tener nada que
ver con ella. Así es que cuando podía frenarse a
tiempo, su actitud era de una infinita mudez inte-
rrumpida con órdenes.

—Que me traigan la sopa —decía sin ver a nadie
en particular.

Florinda se jugó su última carta y le dijo en un
tono pícaro que quería traicionar un secreto gusto
en el suceso.

—Figúrate que anoche vi un hombre por la ventana, mientras me desvestía. Estaba espiándome.
Qué falta de respeto, ¿no?

Teobaldo sintió que la lengua le escocía, pero no
quiso dar su brazo a torcer. Ella siguió.

—Qué falta de respeto para ti, digo, porque de
cualquier modo tienes un puesto oficial...

Teobaldo no pudo más.

—Allá el que crea que vale la pena verte. Se habrá llevado un buen chasco. En cuanto al respeto,
no lo tengo puesto en las nalgas de mi mujer, para
sentirme ofendido.

Había una cosa de Teobaldo que Florinda encontraba más repugnante que muchas otras y ésa era la
vulgaridad.

Después de aquella mañana tan desesperante en
que se había contenido más de diez veces para
no lograr nada, era prácticamente imposible que pudiera hacerlo otra vez. Agarró su vaso lleno de agua
y lo tiró con fuerza en dirección a Teobaldo. Mientras que éste lo esquivaba, le tiró un puño de cu-
biertos que cayeron sobre el plato de guisado de
Teobaldo y lo bañaron de frijoles, tocino y chorizo
de los piés a la cabeza; luego tiró del mantel y

71

cuando ya se habían roto dos o tres platos, sintió en la cara, sobre el pómulo y cerca del ojo, una soberana trompada.

El golpe fue muy fuerte, pero no fue eso lo que la paralizó, sino el hecho de ser golpeada. ¿Qué haría ahora? ¿Qué hay más allá del golpe de un hombre? ¿Cómo se le contesta?

Se quedó con la mano sobre la mejilla y los ojos llenos de lágrimas fijos sobre el espejo del aparador sin que se le ocurriera nada, nada, ni siquiera una divagación.

Mientras que Florinda se hallaba en este estado de anestesia, Ernesto, por lo contrario, ya fuera de casa de la viuda, de quien se despidió dando un pretexto, se hallaba en un momento de gran efervescencia.

En cuanto se vio libre de Elenita, se apoderó de él la excitación que había sentido al dejar a Florinda la noche anterior. Le parecía que cada minuto que pasaba le caía sobre el pecho inútil, y que era imposible desperdiciar el tiempo de esa tarde que se le antojaba precioso.

Esa tarde no le pareció lenta la caída del sol, sino que un sol eterno iba a calcinar el mundo que empezaría a humear si él no hacía algo; que el mar se convertiría en un charco grisáceo y caldoso si él no lo impedía.

Para empezar se fue a su casa y escribió con tinta azul —él siempre la usaba verde y en la oficina todos lo sabían—, un lacónico anónimo señalando a los viejos de la plaza como los autores del espionaje y en consecuencia de algo que se le ocurrió en el momento: ultrajes al pudor.

Lo hizo con la mano temblorosa y emocionada y luego lo admiró como si fuera una obra de arte. Pero lo más curioso es que él mismo no sabía a

72

quién estaba dirigido aún después de haberlo escrito. Bajo el deseo de ver su información en letras de molde, había estado la vaga intención de auto-dirigírselo y luego ir a ver a Teobaldo con la noticia en la mano y el rostro sorprendido.

La promesa a la viuda pesaba sobre su ánimo porque no cumplirla era algo demasiado obvio y cumplirla era de plano una idea absurda. Hasta pensó que sin duda los viejos no serían leales entre ellos y que si avisaba a don Fernando era muy probable que éste se limitara a salvarse sin avisar a los demás, pero de todas formas era arriesgarlo todo por una tontería suya.

Así es que decidió decirle a la viuda que le había mandado a don Fernando un papel anónimo para que no pudiera investigar la fuente de la advertencia y que el papel no había llegado por alguna razón que pensaría después.

Mientras se metía el anónimo en el bolsillo, le pareció que si decía a Teobaldo que él lo había recibido, causaría mala impresión, porque eso indicaba que alguien en Puerto Santo había juzgado que la persona adecuada para recibirlo era él y no Teobaldo mismo.

Por otra parte, él había salido de la oficina antes que Teobaldo y no podía decirle que el anónimo había llegado después de salir él ni explicarle cómo lo había abierto, pues se supone que tales denuncias van siempre dentro de un sobre cerrado y dirigido a alguien en especial.

Todo esto le produjo un gran fastidio y se le ocurrió que estaba complicando mucho las cosas. Lo que él quería era el escándalo; por lo tanto, diría una mentira gruesa como que había regresado a la oficina "para ver si todo estaba en orden", que se encontró el papel sobre el escritorio de Teobaldo y

73

que se había dado prisa en llevárselo personalmente.

Llegó a casa de los López. Tocó la puerta repetidamente sin que nadie contestara. Perdió la paciencia y se asomó por la ventana de la sala, donde pudo ver a Teobaldo leyendo el periódico con el traje blanco manchado de una cosa amarilla que él no podía distinguir desde la calle.

Lo llamó. Teobaldo dio un respingo y se cubrió el pecho con el periódico. Se veía nervioso y con una mirada torva que él no le conocía.

—¿Qué quiere? —le dijo sin muchos miramientos.

—Señor López, es algo que pensé que le interesaría.

Le enseñó el papelito doblado. Teobaldo se acercó de mala gana y extendió la mano entre las rejas.

—Caramba, son frijoles —reflexionó Ernesto—. Qué baño le dieron.

Teobaldo leyó el papel, cambió de expresión, se olvidó de la mancha y le dijo apresuradamente.

—Voy a abrirle.

Ernesto se acercó a la puerta y entró. Se sentaron en la sala y Teobaldo guardó silencio al tiempo que Ernesto le explicaba la supuesta procedencia del papel.

Ésa era la ocasión que Teobaldo había esperado. Era el momento de actuar con la razón de parte suya y no sólo de él, sino de todo el pueblo. Las palabras "ultraje al pudor", le hicieron gran efecto, tanto, que ni siquiera relacionó el asunto con el motivo del pleito con Florinda.

Sólo conservaba en el alma la sensación de un pleito ganado con su fuerza, un pleito donde le asistía la justicia como en el enredo de los viejos, pero una justicia que lo mostraba a sus propios ojos como el prototipo de la inhabilidad y de la impotencia y que no le permitía gozar de una verdadera sensación de triunfo.

Teobaldo comparó las dos cosas y dentro de su falta de sutileza albergó sólo un deseo: el de que su venganza existiera como un motor oculto del que nadie se daría cuenta y de disfrutar en lo exterior de un sentimiento que lo enalteciera; nada de lo que sentía ahora en relación con Florinda, que lo dejara más tranquilo, que le diera paz y no infelicidad.

Ernesto, por más que lo miraba, no podía penetrar en sus pensamientos. Creyó encontrarse con un hombre estremecido bajo la perspectiva de vengar un desaire y ahora se desconcertaba al hallarse un Teobaldo pensativo y como dudoso.

"Es al fin y al cabo un cobarde", pensó.

Le esperaba un desconcierto más profundo todavía y fue el de oír decir a Teobaldo con la voz muy tranquila:

—¿Con cuántos contamos, Ernesto? Habrá que agarrarlos con las manos en la masa, porque no podemos dar crédito a un anónimo y no quiero hacer el ridículo. Si esto es verdad, ahora les toca su turno de ser espiados. Son seis, ¿no? Pues necesitamos seis hombres.

Ernesto reaccionó con su cerebro de empleado solícito.

—En la oficina tenemos tres.

No había policía en Puerto Santo. Ernesto pensaba en tres empleados menores que se ocupaban en limpiar el Palacio Municipal y en llevar recados durante las horas de oficina, pero que antes barrían las calles más transitadas y las mantenían más o menos limpias a lo largo del día.

—Bueno —dijo Teobaldo—. Vamos a ver si quieren acompañarnos los del ajedrez. Un favor podrán hacérnoslo. Si quiere ir usted también...

Ernesto no tuvo empacho en recordarle sus relaciones de parentesco con uno de los criminales y lo inconveniente que sería para él verse mezclado en la persecución.

Teobaldo asintió y se rió.

—Se echa a perder el casorio.

Ernesto también se rió.

—Vamos a instalarlos en la calle paralela a la principal, aquella donde hay una saliente de piedra donde pueden esconderse; desde allí se ve la plaza. Si se separan, que cada uno siga al que se le haya señalado a tanta distancia como pueda y lo detenga a la primera ventana donde se pare. Pero que no quede la menor duda de que estaba espiando, no quiero líos. Busque usted a los de la oficina y explíqueles con cuidado lo que quiero. A las ocho en punto, llévelos al ajedrez y si no he llegado, espéreme.

Ernesto asintió y se despidió. Ahora resultaba que en vez de ser el gran inquisidor iba a prestar sus servicios de verdugo.

—Teobaldo hubiera sido un gran jefe de policía —pensaba—. Como todos los de su clase, es un perro de presa.

Al salir de la sala, se topó con Florinda, que atravesaba el vestíbulo con un ojo cubierto por un grueso algodón empapado en alguna substancia de fuerte olor. Casi chocaron y, sin embargo, Florinda no dijo palabra, ni siquiera se dio por aludida de que estaba allí. Iba como sonámbula y aunque pareció mirarlo con el ojo destapado, no expresó absolutamente nada.

Este encuentro acabó de deprimir a Ernesto, que iba por la calle a buscar a los barrenderos sintiéndose extraordinariamente limpio y fino. Al verlo, uno diría que estaba a punto de sacar un monóculo para no equivocarse de número en aquellas casas construidas en las calles más lodosas y mal pavimentadas de Puerto Santo.

"A ver si resulta que estos pobres diablos no están en su casa", se dijo con las mandíbulas apretadas.

XII

Los TRES barrenderos estaban en su casa durmiendo la siesta. Tres mujeres descalzas salieron a abrir la puerta y con movimientos exactamente iguales se cubrieron con la misma puerta al ver quién era. Luego fueron a llamar a sus maridos.

Los tres oyeron la historia incompleta porque Ernesto no quiso decirles de lo que se trataba. Sólo les dijo que el presidente municipal quería verlos para algo muy especial y que debían estar a las siete de la noche en el cobertizo donde se jugaba ajedrez. Los tres quisieron explicaciones y Ernesto les dijo confidencialmente, haciendo énfasis en la palabra, que era para perseguir unos criminales y que recibirían una recompensa especial. Ninguno quiso saber más y Ernesto pudo irse.

"Son unas bestias —pensaba—. En cuanto oyeron lo de la recompensa se callaron la boca. Se podría comprar a todos los obreros de Puerto Santo con veinte centavos."

En tres casas humildes de Puerto Santo hubo escenas muy parecidas. En primer lugar, un caso criminal era algo inconcebible y estaba unido a la

77

idea de un espantoso peligro que se cernía sobre toda la ciudad y en particular sobre los tres escogidos; en segundo, la recompensa prometida era lo suficientemente atractiva para fortalecer el ánimo de los perseguidores.

Ninguno de los tres tuvo necesidad de contarle a su mujer el asunto, porque ellas no se habían movido de atrás de la puerta, pero todos tuvieron que pasarse la tarde consolándolas de la abrumadora desgracia de ser consortes de un empleado municipal, situación que las exponía a una viudez repentina y a la orfandad de sus hijos. Los tres tuvieron que prometer a sus mujeres que huirían en el caso de que hubiera balazos y se dio por sentado que los criminales eran sin duda alguna los marinos de un barco carguero que acababa de llegar al puerto. Éstos eran conocidos como gente violenta que portaba armas, por lo cual, apenas se calmaron, las tres mujeres salieron a pedir armas prestadas entre sus amistades.

En cada casa fueron explicando para qué las querían y, antes de las siete de la noche, lo que se conocía como la clase inferior de Puerto Santo estaba enterada de que ese mismo día iba a tomar lugar una batalla campal en el muelle, por un asesinato que los marinos habían cometido el día anterior.

La actitud de todos los enterados fue muy característica de Puerto Santo. Se encerraron en su casa a piedra y lodo desde que oscureció; hubo quien comprara comestibles de reserva y prendieron entre todos más de doscientas veladoras en sus altares caseros. Al dar las siete había un gran silencio en todas las casas, un silencio provisional que todos esperaban ver roto al conjuro de los primeros balazos.

Los basureros, que respondían a los nombres de

78

José, Pedro y Salomón, consiguieron respectivamente un rifle de cacería que según dijo el dueño, aunque no era de mucho calibre, había herido de muerte a un tigre y dos venados; un cuchillo para destazar que prestó el mismo cazador y una macana que pertenecía a un joven apasionado por los relatos policiacos y de hampones.

Se despidieron de sus familiares como si fuera para siempre, besaron repetidamente a los niños y entre sollozos y lamentaciones se dirigieron al sitio donde se les había citado.

Allí estaba ya Ernesto que se había pasado el resto de la tarde ocupado en las más repetidas vacilaciones que pueda uno imaginarse, entre avisarle verdaderamente a los viejos o callar como tenía planeado.

A la promesa de la viuda se añadía ahora cierto deseo de burlar a Teobaldo y de fastidiar a Florinda. Le molestaba la actitud de ambos por inesperada.

Supuso que Teobaldo entraría en un éxtasis vengativo y disparatado y lo había hallado tranquilo; supuso que Florinda estaría fraguando y trabajando su enredo como una araña su tela y la había encontrado absorta sólo Dios sabe en qué emociones. Luego, esos detalles del baño de frijoles y el ojo en el algodón le daban al asunto un tinte nauseabundo y repugnante.

Ernesto odiaba las manifestaciones humanas directas y violentas, las sentía en la boca, en la lengua, quién sabe donde, con sabor a cosa podrida y hedionda. Pero no, Ernesto no les avisó a los viejos a pesar de todo esto. A las siete de la noche estaba bajo el cobertizo completamente exhausto y nervioso al extremo de tener las manos continuamente húmedas en medio de una vaga sensación de mareo.

Los barrenderos y Ernesto llegaron antes que los

ajedrecistas y este último les dijo que esperaran. Ellos se quedaron de pie mirándolo todo como si fuera cosa nueva y Ernesto se sentó un poco aparte decidido a soportar una hora más de incomodidad y de tormentos. Por fin les ofreció una cerveza que ellos aceptaron y se concentró en no pensar, a ver si se tranquilizaba.

A las ocho llegaron los tres viejos y a poco Teobaldo, quien les habló de la siguiente manera, tratando de imitar el tono oratorio que don Fortunato usaba para tales ocasiones:

—Muy estimados amigos —como él era el símbolo de la democracia, miró también a los barrenderos—. Los he reunido, porque se me ha presentado un grave problema que no puedo solucionar solo. He recibido una denuncia donde se me informa que nuestras mujeres son espiadas todas las noches mientras se desvisten, por una horda de fisgones. Debemos terminar con eso y dar un buen ejemplo que le sirva de advertencia al pueblo entero. Lo peor es que los fisgones son los señores de buena sociedad que se reúnen en nuestra plaza. Espero que saber su identidad no les impida cumplir con su deber y ayudarme a encarcelarlos.

En cuanto oyeron esto, los barrenderos empezaron a reírse a carcajadas, mientras que los ajedrecistas no salían de su asombro. Teobaldo los miraba esperando una respuesta.

Habló primero don Paco el boticario.

—¿Cree usted que nosotros todavía estamos para esas andanzas?

El sastre se indignó:

—Yo, don Paco, estoy listo para cualquier cosa. Cuente conmigo, señor López.

Teobaldo se congratuló en secreto por no haberle puesto la multa.

Don Paco siguió:

—Pero don Hilario —miraba al panadero—, tiene tres hernias y le cuesta mucho trabajo caminar.

El sastre respondió en seguida.

—Que no vaya don Hilario, pero usted, que es hombre de honor y que tiene hijas casaderas...

Don Paco accedió de mala gana y catalogó el esfuerzo entre sus deberes paternos.

—Bueno, que sea por mis hijas... —luego miró a los barrenderos—. Pero éstos llevan armas y nosotros no.

Don Sebastián dijo con mucha ironía.

—Y usted también. ¿No dicen que ahuyentó usted a carabinazos al novio de su hija mayor?

—Era un mal partido —miró a Teobaldo—. Y claro, tengo la carabina, no sé si me dará tiempo de ir por ella.

Teobaldo contestó:

—Tenemos tiempo hasta las diez de la noche.

Y les explicó el plan, tal como lo había pensado en su casa. Todos asintieron y dijeron que habían comprendido. Pero tenían dos horas por delante y había que llenarlas de algún modo. Ninguno tenía calma suficiente para jugar, más que don Hilario que había quedado excluido de la partida, así que mientras los barrenderos se acomodaban sobre el mostrador y don Hilario miraba el tablero y movía las piezas, los otros tomaban cerveza y conversaban.

El sastre estaba feliz y tomó la palabra después de dos o tres toses.

—Esto me recuerda un suceso que ocurrió cuando yo era joven, hace como... quién sabe cuántos años. Imagínense que de pronto, empezaron a decir que se veía un fantasma vestido de blanco que caminaba por la orilla del mar y que era el espíritu de un joven que se había ahogado intencionalmente hacía unos meses. Entonces era yo novio de mi mujer y quería presumirle. Como vivía frente a la playa, tuvo ocasión de verlo y me lo contó aterrorizada. Me dijo que no se le distinguía más que en las noches de luna y que era el fantasma de un hombre que caminaba muy rapidito y que avanzaba cuatro o cinco cuadras y luego desaparecía; la gente decía que se echaba al mar. Yo le besé la mano a mi novia y le dije: "Eloísa de mi alma, yo no creo en las ánimas del purgatorio. Lo que aquí se hace, aquí se paga. A ese fantasma lo desenmascaro yo." Fui a mi casa a buscar un estilete que era de mi abuelo y me envolví en una capa que perteneció a un tío mío que se ocupaba de encender los faroles cuando no había luz eléctrica y me aposté en una esquina a esperar la aparición. Salió la luna y todo el aire se puso entre blanco y amarillo, hasta el mar azuleaba. Al rato apareció el espíritu y pude ver que era un fantasmita, así de delgadito y pálido me pareció. Me acordé de que el ahogado era muy alto y pensé que ni en el otro mundo se puede uno achiquitar de tal manera, ni con las llamas del infierno. Me le acerqué de puntillas y sin sentir miedo, le tiré el sombrero con la punta del estilete. Cayó con el sombrero la trenza más larga y más negra que había yo visto. El fantasma se volteó a mirarme y ¡era nada menos que la pianista que acompañaba a las muchachas cuando cantaban o bailaban en las fiestas! Allí mismo se echó a llorar. Nos sentamos en una piedra y me contó su historia. La pobre se había enamorado de un tal don Eusebio que era casado pero se había separado de su mujer y como se los comía la pasión, habían decidido que ella adormeciera a sus padres con una hierbita, se disfrazara y lo fuera a visitar todas las noches. Me conmoví tanto que hasta me dio vergüenza haberla descubierto, pero a la larga le hice un bien, porque don Eusebio no quiso que corriera tantos peligros y desde esa noche no la dejó regresar a su casa, sino que se quedó viviendo con ella, como si estuvieran casados. Así son los fantasmas.

A los oyentes les encantó la anécdota con moraleja y todo. Los barrenderos aplaudieron y don Hilario olvidó el ajedrez por un momento.

Después de su éxito, don Sebastián quiso hacer una salida triunfal y la hizo; gritó desde la puerta:

—Voy a buscar mi estilete. En seguida vuelvo.

Por primera vez se encontró Teobaldo cómodo, contento y libre en un grupo de amigos desde su nombramiento como presidente municipal. En tanto que Ernesto estuvo, por primera vez en toda su vida, huraño, falto de naturalidad y obviamente fuera de lugar. Eran las nueve y media.

XIII

—EL HOMBRE —enunció el doctor Camargo—, se emociona más vivamente con la cercanía del peligro que con ninguna posibilidad —hizo una pausa acompañada de la sonrisa del hombre espiritual que inicia a sus hermanos—. Hay dos clases de peligros: el que se origina en las hazañas atrevidas y valientes, un peligro exterior, y otro más profundo, el que el hombre lleva dentro de sí mismo, el de sus deseos inconfesados, el de sus pasiones reprimidas... un peligro interior que muchos reconocen con el nombre de tentación.

Al escuchar las últimas palabras del doctor, don Gonzalo Peláez empezó a mirar con sumo cuidado un caballito del diablo que estaba inmóvil sobre el arbusto que tenía a su derecha. Sus viejos deseos secretos, sus ocultas pasiones.

"La vida es un sueño tan largo —pensó—. Y sí, tan peligroso, no puede uno despertarse, por más que quiera, con la agradable sensación de alivio al comprobar que nada ha tenido consecuencias. Todas las condiciones exteriores de la vida son una consecuencia."

El doctor siguió:

—Nosotros hemos cedido a estos peligros y eso nos pone en una curiosa situación; la del héroe que empujado por fuerzas superiores a su naturaleza comete un error trágico.

Don Miguel Suárez se dejó impresionar por la palabra héroe. Los jóvenes frívolos sometían el asunto a los recursos de su inteligencia mal entrenada.

El doctor Camargo miró su bastón de puño de oro:

—Todas las grandes tragedias que han conmovido al mundo tratan de hombres así, de hombres que, como nosotros, han llevado una vida ejemplar hasta un momento equis, el terrible momento en que se vieron arrastrados por una fuerza sorprendente, superior a sí mismos, superior a sus deberes, al ejemplo de su pasado y cedieron. Y si es humano comportarse con nobleza y a la altura de las instituciones sociales, es igualmente humano dejarse vencer, entregarse al caos. Más aún, diría yo, es más humano que la actitud primera, que corresponde a los refinamientos de la vida social.

Ramón Jiménez quiso meter baza; aquello le parecía muy difícil de entender, pero muy literario y más en su campo que en el del doctor Camargo.

—Pues sí, doctor, tiene usted razón. Pero cuando a nosotros nos sacan de Manuel Acuña, apenas si alcanzamos a Rubén Darío.

Había una *Antología poética* que era el manual de los frívolos; aquella antología no era buena, ni muy moderna, ni siquiera muy gruesa y hasta estaba muy mal editada, para añadir un detalle que la distinguiera... era más bien un manual de declamación, pero los frívolos la frecuentaban con tanta asiduidad que casi se la sabían de memoria.

No pocas noches, antes de que los ocupara la pasión del peligro, se habían ido por las calles de Puerto Santo con las cabezas bajas y el corazón suspendido de las estrellas, mientras uno de ellos recitaba el "Nocturno a Rosario", "El brindis del bohemio", "La muerte del corsario" y hasta "El seminarista de los ojos negros". Además, cada uno tenía en su casa parodias más o menos mediocres de estas obras maestras, pero eso sí, de estricta inspiración personal y muy respetadas por sus amigos.

El alma del doctor se retorció, pero se limitó a pasarse la mano sobre el bigote.

"Margaritas a los cerdos —pensó—, comparar toda una teoría trágica de la vida con esas inmundicias."

El doctor odiaba la poesía. Su padre había escrito versos, como muchas generaciones de hombres de Puerto Santo y el doctor recordaba que este poeta, tan inédito como los demás, se había referido a él en una ocasión en que escuchaba sin ser visto, con estas palabras: "Mi hijo es más prosaico que una mujer." La ofensa le había resultado inolvidable.

Don Miguel Suárez preguntó:

—¿Así es que usted piensa que los hechos heroicos se explican por la atracción que el peligro ejerce sobre todos nosotros?

El doctor Camargo no quiso contestar directamente.

—El peligro produce un verdadero éxtasis y deja igualmente agotado.

—Yo creo —dijo don Miguel—, que muchos hechos heroicos se explican mejor por la vanidad del hombre ante sus semejantes. Imagínese usted un torneo en tiempos pasados —él no sabía exactamente de qué tiempos hablaba, pero los sentía remotos—, un hombre tiene que enfrentarse a otro hombre y sabe que puede perder la vida en el intento; todo sucederá frente a un nutrido público de hombres y mujeres. No podría desfallecer sin quedarse con fama de cobarde.

El doctor dijo:

—Eso no quita la sensación que el hombre pudiera tener un segundo o dos antes del encuentro.

Don Gonzalo no ponía atención. Todo este asunto de la fisgonería le producía una infinita tristeza y una irónica sensación de amargura. Él temía, temblaba, se desvelaba por lo que estaba haciendo y aquello no le producía la más mínima satisfacción. Había espiado a las hermosas hijas del boticario peinando sus largos cabellos envueltas en sus camisones transparentes, con el mismo interés con que hubiera contemplado un par de burritas jóvenes corriendo por un prado y otras cosas que le habían producido una especie de pánico. Todo por no quedar mal con sus amigos, todo por no llamarles la atención en forma que pudiera resultarle inconveniente.

—"Si yo hubiera sentido la verdadera atracción del peligro..." —pensaba y allí se detenía—. Si hubiera sido así..." —no quería formularlo, no quería que fuera pensamiento, menos, menos aún palabra. Suspiró. Los hermanos Ramírez prendieron sus cigarros. Claudio dijo:

—Me gustaría saber qué otros hombres de Puerto Santo se han encontrado en una situación parecida.

86

El doctor tosió, buscando en su memoria alguna crónica, pero don Miguel se le adelantó:

—Pues no sé si los hombres, pero sí las mujeres. Todos esos amoríos perseguidos que terminan en un escándalo o en una ruptura, todos esos adulterios, esos amores imposibles, son el peligro. Nada más que para las mujeres, sólo nosotros somos el peligro. Lo demás no les interesa.

Los poetas se rieron con una experiencia que de añorada se volvía verdadera.

Don Miguel era el único que desde que aquello había empezado se atrevía a hablar de mujeres. El doctor Camargo no contaba entre sus temas nada que a ellas se refiriera; él hablaba de la humanidad en bloque. Los frívolos no las traían a cuento más que como motivo poético y cuando se hacían aquella vieja confidencia del amor frustrado. Don Gonzalo no pensaba sino en dos ejemplares del sexo femenino, Hermelinda y su madre, y la mención de cualquiera de las dos le daba calosfríos. De cualquier manera, a veces se trataba de ellas sin ponerles mayor atención o se hacía alguna referencia; pero desde que el espionaje había empezado, sus cabezas, sus ojos, sus alientos, se habían poblado de mujeres, de ropas, de actitudes, de cuerpos de mujeres, en una forma tal que parecía imposible mencionarlas.

Aquella plaza, a partir de las nueve de la noche, había dejado de ser el lugar de las pláticas de algunos varones de Puerto Santo para convertirse en sitio de fantasmas innombrables y femeninos, que como proyecciones surgían de la mente de cada uno de ellos y deambulaban entre los jazmines y los tulipanes, todas en traje de dormir y con el cabello suelto. El doctor encontró lo que buscaba:

—Pues sí, hace alrededor de ochenta años, nues-

los hombres decidieron organizar una serie de contrabandos de tabaco. El contrabando estaba prohibido por don Florentino Ramírez, tío abuelo de ustedes —señaló a los hermanos—, que fue uno de nuestros presidentes municipales, porque él tenía unos plantíos de tabaco, no muy grandes, pero que alcanzaban para que mal fumaran todos los aficionados de Puerto Santo. Digo mal fumaran porque los métodos de don Florentino eran muy primitivos y los cigarros sabían a cualquier cosa. Empezó el contrabando y nuestros paisanos, de acuerdo con los marinos de los barcos cargueros, metían el tabaco en botellas vacías, en cajas de telas, por todos lados. Don Florentino no sabía qué hacer porque estaba perdiendo dinero y puso vigilantes en el muelle. Aquello seguía. Además, los vigilantes eran tan torpes que continuamente querían descubrir tabaco donde no lo había y la gente empezó a quejarse. Por fin, don Florentino tuvo un acceso de desesperación, de locura, digamos y mandó quemar sus plantíos al mismo tiempo que se hizo pagar una multa como compensación por todos los fumadores del pueblo. Ése fue su castigo.

Don Gonzalo estaba singularmente nervioso y dijo por lo bajo:

—Todo es castigo.

Creó un ambiente de remordimiento que el doctor Camargo aprovechó en un comentario final.

—Todos los sucesos precedidos por el hambre de la emoción, por el hastío y la rebelión contra la vida diaria que requiere humildad y renunciaciones, acaban en una catástrofe.

Quiso dar por terminada la reunión con esa rúbrica impresionante, pero don Miguel estaba en ánimo festivo.

—Valga la catástrofe por los gustos que nos damos.

Los jóvenes asintieron.

—¡Bravo, don Miguel!

El doctor se molestó y echó a andar como si ya se hubiera despedido. Lo mismo hicieron los otros como era su costumbre: los Ramírez juntos, don Gonzalo con el periódico bajo el brazo...

En la oscuridad de la calle que contribuía a formar el rectángulo de la plaza, detrás de una saliente de piedra, había siete hombres vestidos de blanco, cinco de ellos con algún objeto curioso en la mano. En la penumbra, parecía que iban armados con un pedazo negro de su sombra. Dos se rezagaron y luego tomaron por una calle adyacente, los otros siguieron el camino diferente que tomó cada uno de los que habían estado en la plaza.

XIV

Don Sebastián y don Paco siguieron respectivamente a don Miguel y a don Gonzalo, los barrenderos se fueron detrás del doctor, Ramón y los hermanos Ramírez. Teobaldo había dicho que sería de la partida si todos se iban efectivamente por separado, pero como los hermanos se fueron juntos, permaneció cerca de Ernesto, que aunque se hallaba excluido desde antes, quiso acompañarlos en la espera porque le pareció poco diplomático despedirse. Por lo demás, no quería hallarse solo en su casa, estaba agitado y no quería ser víctima de sus propias sugerencias.

Cuando todos partieron, se fue con Teobaldo a

otro cobertizo que se parecía al del ajedrez, pero que era cantina. Después pensaban dirigirse al Palacio Municipal a recibir el resultado de la pesquisa.

Tomados del brazo, se fueron al cobertizo sin hablar. Los dos se hallaban meditabundos y hasta parecía que estaban apesadumbrados.

Se tomaron los primeros rones y Teobaldo indicó al cantinero que dejara allí la botella. La etiqueta decía Ron Rendón y Ernesto la volvió disimuladamente del otro lado para no acordarse de su tía la viuda que a estas horas estaría durmiendo tranquilamente, muy segura de que la buena fama y el honor de Puerto Santo amanecerían intactos.

Teobaldo estaba tenso. Las cervezas del galpón no le habían hecho efecto, pero no quería hablar, porque cada vez que abría la boca parecía que iba a escapársele, en un impulso extraño, el nombre de Florinda. Se sentía con la obligación de hablar de la persecución, del castigo que iba a señalar a los malhechores, de lo ejemplar que todo resultaría. Pero no se animaba, no tenía ganas, le hubiera costado un esfuerzo que no valía la pena llevar al cabo.

Se sirvió otra copa de ron y miró a Ernesto. Por primera vez se le ocurrió un juicio sobre su persona, al notar que tenía los ojos fijos en la botella y la expresión vacía.

"Este muchacho —pensó—, no es otra cosa que un redomado imbécil que no piensa sino en su bienestar. Debería haberlo obligado a perseguir a su futuro suegro, no se merece menos."

Fue esta observación lo que le permitió hablarle de aquello que había venido molestándolo desde la tarde.

—Hoy, por primera vez en mi vida, le pegué una trompada a mi mujer.

Ernesto estuvo tentado de decirle que ya se lo ha-

90

bía imaginado, pero sólo levantó los ojos y lo miró a la cara. Teobaldo sostuvo la mirada.

—Y ¿sabe usted por qué?

Ernesto tembló y terminó su copa. El tono de Teobaldo era tan serio que temió que hubiera descubierto sus relaciones con Florinda. De todas maneras, Teobaldo no esperaba respuesta.

—Porque siempre ha sido una loca.

Ernesto se tranquilizó en seguida; Teobaldo siguió:

—Se casó conmigo, que soy su igual, con la idea de que cometía una gran injusticia consigo misma y allí fue cuando decidió ser injusta conmigo. —Ernesto se sonrió para sus adentros, pero algo más lúcido que su misma conciencia, hacía que no perdiera palabra—. Ha sido una pésima esposa; mala administradora del dinero que le doy, inconsciente de sus deberes, incapaz de una palabra de amor... pero lo peor, lo más absurdo de todo, son sus apariencias; parece lista, cumplida, servicial y hasta cariñosa. Le digo que es lo peor, porque eso quiere decir que podría serlo si quisiera, pero la imbécil no quiere, y no quiere porque no sale de la idea de que la vida ha sido injusta con ella. Así es que toda su inteligencia y su prestancia no le sirven más que para ser desordenada, áspera y muy idiota. ¿No es cosa de locos?

Ernesto dijo que sí. Era perfectamente cierto y el presidente municipal estaba en un estado de lucidez desconocido para Ernesto. Nunca lo había visto como ese día y no salía de su asombro. Sintió rencor por no haber visto a Florinda tan claramente como la veía su marido, se había limitado a contemplarla y hasta le habían gustado y le había envidiado sus capacidades de "locura". Si Teobaldo hubiera podido juzgar su actitud desapasionadamente, era in-

91

dudable que hubiera dicho que él también estaba loco y que era idiota. Todos los calificativos que Teobaldo había empleado para precisar la conducta de Florinda se le clavaban como dardos en el amor propio. Era la crítica más aguda que le habían hecho y ni siquiera estaba dirigida a él. Le dio rabia:

—Y, ¿cree usted haberla curado con una trompada?

—No —dijo Teobaldo rápidamente—. No lo creo.

Era cierto. Eso era lo deprimente, lo que más le chocaba. Estuvo a punto de llorar y se tomó una tercera copa que le cambió de rumbo las emociones.

—¿Qué hubiera hecho usted en mi lugar? —le preguntó a su acompañante sin esperanzas de recibir una respuesta adecuada, porque perseveraba en la impresión de que era un tonto.

Ernesto estaba en un gran aprieto, pero el ron empezaba a calentarle esa sangre tan fría y tan lenta. Tuvo un arranque, el único sincero de que él mismo tenía noticia, se secó la frente con su pañuelo blanco y dijo:

—Yo... yo jamás me hubiera casado con ella.

Hacía muchísimo tiempo que Teobaldo se había arrepentido de su matrimonio, así es que aquello no le cayó de nuevas ni le produjo la más mínima reacción.

—Hombre, claro, yo tampoco volvería a casarme con ella si tuviera oportunidad, pero ese no es el problema. El problema es lo que haría usted ahora, en mi situación actual.

Ernesto dudó un momento.

—Hable usted con ella. Hágale entender las cosas tal como son.

Teobaldo se rió.

—Ni los locos, ni las mujeres y menos las mujeres locas entienden con palabras. Antes de que acabara de decir la primera palabra, ya me estaría diciendo una de esas groserías puliditas como inspiradas por el diablo. Las únicas cosas que las mujeres oyen son las que les convienen.

Ernesto recordó cuantas palabras le había dicho él a Florinda y halló que todas eran como Teobaldo decía; o eran alabanzas o eran tonterías para seguirle el paso a sus alucinaciones. Se sintió de nuevo entre espinas y de nuevo se llenó de resentimiento.

No entendía cómo era posible que ese hombre que ante sus ojos nunca había sido otra cosa más que un asno, podía estarle dando un rato tan malo, sin mayor intención que mostrarle unas cuantas verdades. Decidió no volver a ver a Florinda y no emborracharse con Teobaldo ni en un caso tan extremo como éste.

—¿Qué me dice? —insistió Teobaldo poniendo sobre la mesa una mano morena con la palma hacia arriba.

Ernesto contestó con odio reconcentrado y auténtico.

—Que la mate a trompadas, no queda otra.

Teobaldo cerró la mano y la encogió.

—Muy bien, pero entonces lo que ella pensaba de la injusticia se volverá verdad y se sentirá con mucho derecho a seguir siendo como es o peor.

Ernesto torció la boca.

—Pero si se lo merece. Si no hay forma de componerla, que haya forma de castigarla.

Teobaldo se quedó pensando y se tomó otro trago.

—Pero yo viviré en un verdadero infierno.

Ernesto se rió a carcajadas. Estaba algo borracho y la idea de que Teobaldo viviera con su mujer en un infierno le pareció graciosa y además muy adecuada. Teobaldo no le puso atención y calló.

93

Ernesto fue creciéndose ante ese silencio, fue sintiéndose cada vez más Arau, un Arau que se había metido por falta de cuidado en un lío repugnante con el hijo de la criada y con la hija de quién sabe quién. "Cosas de juventud —se dijo—, aventuras que todo hombre guarda en su pasado." Sacó de la bolsa de su impecable saco blanco una carterita de donde extrajo un peine de carey y se peinó con cuidado. Luego recordó a Teobaldo con la mancha de frijoles y se rió.

—¿Qué se le ocurre? —volvió a preguntar Teobaldo.

Ernesto le contestó casi sin mover la boca y mirándolo de costado como si se tratara de los barrenderos.

—Si no quiere vivir en un infierno, échela a la calle.

Teobaldo se levantó de la mesa, agarró a Ernesto por la pechera y lo tiró al suelo. Luego volvió a sentarse y le dijo:

—A mí se me habla en otro tono. Siéntese y tómese otra copa. Y todo con cuidado, porque esta mano sabe pegarle también a los hombres.

Ernesto se puso en pie como pudo y se quedó allí, sin saber qué hacer. Su cerebro le aconsejaba lentamente que no podía dejarse humillar así, que había varios hombres que lo miraban con atención aunque con indiferencia, que si no quería pelearse con el presidente municipal, por lo menos debería irse a su casa... Escuchó la voz de Teobaldo.

—Le dije que se sentara.

El orgullo de Ernesto se debatía en estertores agónicos. Por fin murió y Ernesto se hizo una única reflexión:

94

"Al fin estoy borracho. Mañana diré que no me acuerdo."

Se sentó de golpe en la silla y miró a Teobaldo sin parpadear. Su decisión lo obligaba ahora a actuar el borracho, no había remedio. Dijo fingiendo que apenas podía hablar:

—Usted perdone, señor presidente, fue sin querer.

Teobaldo contestó muy generoso.

—Es que eres tonto. Lástima, porque eres servicial.

El tratamiento de tú casi logró que Ernesto abandonara su plan y contestara una de aquellas frasecitas mordaces que las buenas familias de Puerto Santo enseñaban a sus hijos para las ocasiones en que tuvieran tratos con algún igualado; pero no se atrevió. En cuanto a lo de tonto y servicial ya no tenía reacción. Era algo que él había pensado tantas veces en relación a otros y dicho algunas a los que no eran de su alcurnia, que no pudo menos que recordar la estatua del fundador, don Fernando Ramírez y Arau, solita en la plaza y tan orgullosa, tan ajena a todo este estiércol que caía sobre su descendencia. Fue entonces cuando dobló los brazos sobre la mesa y sin fijarse que ahora una de sus mangas estaba ennegrecida con el polvo húmedo del piso, enterró la cabeza entre ellos y se puso a llorar.

Teobaldo le dio palmadas en el hombro y lo consoló.

—Qué mala borrachera tienes, hijo mío.

Ernesto seguía sollozando. Toda la angustia de ese día se desahogaba en lágrimas, todo el error del escándalo la estupidez de no avisar a los viejos, le impedían terminar con su llanto y le parecía que estaba en un lugar de pesadilla donde no había otra cosa real que sus pulmones sacudidos, el líquido tibio de sus ojos y una mano dura, de hijo de cargador, tocándole la espalda.

Teobaldo consultó su reloj. Era casi la una de la mañana, era hora de ir al Palacio a esperar a los otros.

—Vámonos —le dijo—. Pero antes, vamos a hacer un brindis tú y yo, ¿me oíste? —Lo sacudió y Ernesto levantó la cabeza sin dejar de llorar—. Y tú vas a ir repitiendo lo que yo diga palabra por palabra, ¿me entendiste?

Ernesto hizo seña de que había entendido. Teobaldo llenó dos vasos con lo que quedaba de la botella, se levantó y alzando su copa, obligó a Ernesto a hacer lo mismo.

—Brindo... Repite, necio.

—Brindo —dijo Ernesto débilmente con los ojos llenos de lágrimas.

—Por esas mujeres pedantonas y ridículas... Repite.

Ernesto repitió mecánicamente.

—Por esas locas malagradecidas que no saben apreciar a sus hombres, por esas pretenciosas que creen que todo lo merecen, por esas tontas que no saben lo que se pierden, por ésas que no saben, aunque se hayan casado, lo que vale una noche de verdadero amor...

El presidente municipal bebió, bebió su secretario, pagaron y luego se perdieron por la calle que iba hacia el palacio municipal; el presidente muy seguro y dueño de sí, el secreteario tambaleante y tan inestable que a veces se sostenía del hombro de su jefe y, por más que hacía, sin poder dejar de suspirar.

XV

DON SEBASTIÁN era muy ligero de paso y pudo seguir en completo silencio a don Miguel Suárez. Este señor tenía una manera de fisgar muy curiosa. Se iba caminando pegadito a la pared y al llegar a una ventana entreabierta echaba los ojos hacia adentro como si fuera un gusano, los recogía y avanzaba unos pasos, luego volvía a pasar frente a la ventana y hacía lo mismo; así varias veces hasta que se apagaba la luz.

Esta vez les tocó ser fisgadas a las muchachas Del Monte, tres niñas muy guapas que no se habían casado por mal administradas que eran. Tenían una desconcertante tendencia al populacho y cada vez que veían un empleado robusto en una tienda, entraban a comprar y entablaban una hora de conversación. Aunque el empleado se entusiasmara, en casa de ellas no permitían las relaciones y no había noviazgo. Allí estaban las tres dando vueltas por su cuarto mientras se desvestían.

"Estas niñas están llenas de lunares" —pensó don Miguel y decidió quedarse quieto un momento, mientras miraba a su gusto la espalda de la segunda, que muy cerca de la ventana, la ofrecía generosamente.

Don Miguel sintió un objeto puntiagudo en el espinazo. Creyó que era un saliente de hierro, una reja, no se sabe qué, pero no se volvió sino que siguió a la muchacha. Sintió que el objeto estaba atravesándole el saco y estuvo a punto de rascarse sin apartar la vista de lo que le interesaba; pero aquella punta era tan aguda que le hizo volverse.

97

Allí estaba don Sebastián, mirándolo con severidad.

—Vamos —dijo don Sebastián.

Don Miguel no era hombre de reacciones tardías.

—¿Por qué y adónde?

Don Sebastián lo miró con sorna y apoyó el estilete bajo la barba de don Miguel.

—A la cárcel, por fisgón.

Don Miguel pensó que las Del Monte podían escucharlo, por más que hablaban mucho y en voz muy alta.

—Bueno —le dijo.

—Pase por delante —ordenó don Sebastián y luego apoyó el estilete sobre la columna vertebral del terrateniente, que estaba muy ocupado pensando cómo quitarse al sastre de encima.

—Don Sebastián —le dijo—, no se haga el santo y acuérdese de que todavía no hace diez años fuimos juntos a hacerle una visita a Chona la Seria.

Don Sebastián contestó:

—Y los dos pagamos, ¿no? ¿Qué tiene eso de ilegal? Apuesto a que ella ya ni se acuerda.

Don Miguel siguió.

—Pero entre hombres, hay cosas que pueden arreglarse.

El sastre dio un respingo.

—Entre viejos, nada puede arreglarse. Usted sabe lo que quiero decir, así es que es inútil que agarre de pretexto a las mujeres. Si lo quiere arreglar con dinero, también es inútil, porque no voy a quedar mal con don Teobaldo, ni me interesa su dinero.

Todo el camino se fueron discutiendo. Don Miguel hacía ademanes y se agitaba, mientras don Sebastián lo seguía muy derecho y sin apartar el estilete.

Don Paco era, al contrario de don Sebastián, gordo y pesado. Además, iba de pésimo humor. Antes de caer en la cuenta del ruido que hacía, ya estaba raspando la pared con el cañón de la carabina y arrastrando las pies. Don Gonzalo, por lo tanto, supo en seguida que alguien lo seguía. A lo largo de una hora, pasó por todos los tormentos del purgatorio; desde el terror más agudo hasta la desesperación, hasta la indiferencia. No podía dejar de caminar, no podía volverse, no podía ni rebelarse interiormente ante lo que le sucedía. Era culpa de otros por una culpa suya y esta culpa suya era tan vieja, tan vieja que parecía imposible que hubiera de pagarla ahora que ya su vida no era sino un recuerdo de sí mismo. Por fin, en un estado que rayaba en la resurrección se sentó en una acera y esperó a su perseguidor.

Don Paco, bufando y sudando se sentó a su lado y le dijo así:

—Fisgue usted, don Gonzalo, fisgue porque si no no puedo detenerlo. No me haga usted mala obra.

Don Gonzalo contestó sin mirar a su interlocutor.

—No, señor, no le hago mala obra. Diga que me sorprendió espiando, que yo no pienso contradecirlo. Bastante he espiado ya para que ahora piense en negarlo. Lléveme donde guste.

Don Paco estiró los pies y se puso la carabina sobre las rodillas. Luego inició la conversación en toda forma.

—Vamos a descansar un rato. ¿Para qué me hizo caminar tanto?

—Para tranquilizarme. Mire usted, a veces compadezco a esos animales nerviosos, como los venados y las liebres, porque soy igual a ellos. Me asusto y quisiera correr, pero una vez cansado... con el cansancio hasta ellos se dejan agarrar.

Don Paco asintió, aquello le parecía muy comprensible porque en su juventud había sido cazador.

—Dígame, don Gonzalo, y ¿cómo fue que se metió a fisgón?

—El mundo tiene muchos caprichos, don Paco; yo, verdaderamente, no lo sé.

—Nadie me quita a mí la idea de que esto fue asunto del zorro del doctor Camargo... —Don Gonzalo bajó la cabeza, la culpa era suya, suya. Don Paco entendió que aquel viejo no quería hablar mal de sus amigos y se enterneció. Además, lo de las liebres y los venados había tenido la virtud de tocarle una fibra largamente enmohecida.

—Pues usted me ha dado oportunidad de ir a cazar al monte por última vez.

Don Gonzalo sonrió y los dos callaron.

El doctor Camargo caminaba por en medio de la calle, como un científico que sale a refrescarse la mente de sus intensas preocupaciones a las altas horas de la noche. Lo hacía con despreocupación y sin darle importancia al asunto; cuando veía una ventana abierta con la luz encendida o con los reflejos de una veladora, estudiaba las posibilidades de ser descubierto y se acercaba rápidamente, veía lo que podía y seguía su camino de hombre ocupado en difíciles meditaciones.

El doctor, al igual que las hermanas Montes, parecía harto de los refinamientos de su casa y caminaba hasta donde vivía la población indígena o mestiza; esta última un interesante grupo de descendientes ilegítimos de las buenas familias. Allí se explayaba.

Pedro el barrendero se divertía en grande admirando las actitudes solemnes que el doctor tomaba para llevar al cabo el sencillo oficio que se proponía, pero cuando cayó en la cuenta de que sólo espiaba a los de su clase, se puso furioso.

Lo sorprendió con un fuerte grito cuando el doctor, en punta de pies, veía con sumo placer a la esposa del cartero que se quitaba la faja haciendo aspavientos y luego se rascaba la cintura que había tenido tan apretada.

—¡Cabrón doctor, ya lo pesqué! —gritó Pedro.

El doctor se paró en seco y creyó que era el cartero, pero todavía le dio tiempo de verlo entrar a su recámara en calzoncillos, con una lámpara de aceite en la mano. Se volvió para hallarse a Pedro con un enorme cuchillo y le dijo en su tono más despectivo:

—¿Qué quieres? ¿El bastón y el reloj?

Pedro soltó la risa.

—Quiero que venga conmigo al Palacio Municipal. Allá lo espera don Teobaldo.

Ya para entonces se había asomado a la ventana la mitad de la calle. ¿Qué pasa? ¿Quién es? ¿Era un ladrón? Pedro dio la explicación completa en voz muy alta.

—Es el doctor don Fernando Camargo espiando a nuestras viejas.

Hubo una rechifla general y el doctor supo que tenían que irse de allí antes que los hombres se vistieran y salieran a la calle. No se acordaba para nada del héroe trágico. Dijo a Pedro:

—Bueno, joven, pues cumpla con su deber y lléveme a la cárcel.

El doctor Camargo nunca había caminado con menos preocupación por su dignidad y más por su pellejo. Ni nunca hubo un preso que tuviera tantas ganas de llegar a la cárcel. Salió casi corriendo, seguido de Pedro que, cuchillo en mano, trataba de retrasar la marcha y lo amenazaba:

—No huya, doctor, que voy armado.

Los hermanos Ramírez fueron fácil presa del rifle de Salomón. Caminaban hombro con hombro y al llegar a un determinado sitio se asomaron los dos al mismo tiempo, lo cual no era de asombrarse si se

101

tiene en cuenta que desde que eran pequeños su madre los había acostumbrado a hacer todo juntos y a la misma hora. Salomón apuntó desde lejos como si verdaderamente pensara disparar y dijo sin levantar mucho la voz:

—¡Alto! Están detenidos.

Se volvieron sobrecogidos y dijeron:

—No dispare.

La mujer espiada era esta vez una señora contemporánea de los frívolos que había sido cortejada no se sabía por cuál de los hermanos y que al oír voces apagó la luz y se acercó a la ventana. Al ver quiénes eran se conmovió. Tenía cuatro hijos y diez años de casada.

El barrendero se acercó con el rifle en alto.

—Es orden del presidente municipal.

Los hermanos se consultaron con los ojos y uno de ellos alcanzó a ver detrás de la ventana una figura gruesa con los hombros desnudos y susurró al oído de su hermano:

—Vamos, que nos está viendo.

El otro dijo en voz audible:

—Estamos a su disposición.

La figura de la ventana los miró irse como había visto irse su esbeltez, su agilidad y su buen humor. Se quedó con la frente apoyada en el vidrio, sonrió y dijo con las manos sobre el pecho:

—Pensar que todavía...

Los hermanos Ramírez siguieron a Salomón con una nostalgia revivida y lejana. En sus cabezas de románticos era más importante que ella los hubiera visto que el hecho de estar detenidos. Con el realismo de los románticos, nunca supusieron que ella estuviera enojada, y no lo estaba.

Ramón Jiménez fue seguido por José con la manopla por calles y calles, hasta que llegó a casa de una señora que ya había sido mencionada esa noche. Se trataba de Chona la Seria. Dicha persona venía practicando el oficio de prostituta en Puerto Santo desde hacía veinte años y lo hacía muy a conciencia y con toda dignidad. Durante el día vestía de negro y con velo sobre la cabeza como una viuda. Así iba al mercado y se paseaba por donde le venía en gana sin que jamás hubiera dado motivo para acusarla del menor acto contra el decoro. El que quería tratos con ella debía ir a su casa después de las nueve de la noche, porque a la luz del sol y en la calle, ella no reconocía a ninguno de sus amigos.

"Caramba —pensó José—. Ni modo que lo lleve a la cárcel por visitar putas, eso no es delito."

Pero Ramón no tocó la puerta sino que se situó frente a la ventana de Chona como en espera de algo. A José se le pusieron los pelos de punta. Le parecía mal espiar a las mujeres de su pueblo, pero espiar a Chona la Seria, cuando todo el mundo podía entrar a su casa, le parecía el colmo de la corrupción. "Éste es un cochino", pensó y le dio un golpe muy fuerte en la cabeza. Ramón cayó de rodillas y estuvo a punto de pedir auxilio, pero el barrendero se apresuró a explicarle.

—Está prohibido espiar. Está usted preso.

Ramón se levantó con algún esfuerzo y con la cabeza entre las manos.

—Qué bruto es usted. ¿Cómo va a estar prohibido espiar a Chona la Seria?

—Eso se lo explica usted al presidente municipal. A mí sólo me dijeron que lo agarrara espiando.

Ramón echó a andar. La cabeza le dolía, pero no mucho. Se le ocurrió que si de todos modos lo iban a detener, era mejor que fuera así. El verdadero bohemio tiene dos amores, el completamente puro y el absolutamente profano. Aquello no desdecía de él ni de su fama. Sólo que no había necesidad de pegarle.

XVI

TEOBALDO había ordenado a sus empleados y a los ajedrecistas que conforme llegaran fueran llevando a los detenidos a una habitación grande y con baño que estaba en el ala izquierda del Palacio Municipal. En Puerto Santo no había cárcel. El ala derecha del edificio se usaba para oficinas pero todos los cuartos habían sido igualmente conservados y se mantenían limpios porque el Palacio era uno de los orgullos más legítimos del pueblo, tanto por su arquitectura colonial como por su curiosa situación. Estaba un poco aislado, entre el mar y la ciudad, como protegiéndola y dominándola. Cuando el fundador, don Fernando, lo planeó y vigiló su construcción, era evidente que pensaba en un posible crecimiento del pueblo y en un aumento de los negocios que allí se ventilaban. Pero se equivocó, pues al paso de los siglos se usaba exactamente el mismo espacio que él usó, o sea tres salones.

Cuando Ernesto y Teobaldo llegaron al Palacio, es encontraron con los barrenderos y don Sebastián en la entrada, contándose las peculiaridades de cada detención. Sólo faltaban don Paco y don Gonzalo.

Teobaldo entró y se sentó detrás de su hermoso escritorio de caoba, Ernesto hizo lo mismo en otro más pequeño al lado del de su jefe; los demás trajeron sillas y se sentaron alrededor.

—Bueno —anunció Teobaldo—. Vamos a esperar

104

un minuto, porque quiero que los presos estén completos.

Don Sebastián se acordó de un detalle.

—Como usted sabrá, don Teobaldo, hay un libro donde todos los presidentes municipales apuntaban todos los sucesos importantes de Puerto Santo y que ahora don Fortunato Arau exhibe como una reliquia. Vamos a ver si escribe esto cuando lo sepa.

Teobaldo lo sabía, como sabía que don Fortunato estimaba ese libro como recuerdo familiar más que como crónica histórica, por eso nunca se lo había pedido para el Municipio.

Teobaldo contestó:

—Se lo contaremos y don Fortunato lo escribirá de acuerdo con la verdad. Él es un hombre muy veraz y tan honorable como no hay otro.

Teobaldo quería mucho a don Fortunato y pensaba contarle el asunto tan pronto como pudiera. Ése era otro motivo por el que se sentía obligado a actuar con suma cautela y con profundo espíritu de justicia.

Uno de los barrenderos se asomó a la ventana y gritó:

—¡Vengan a ver esto!

Todos se acercaron y vieron a don Paco sin aliento, seguido de don Gonzalo que le cargaba la carabina. Al llegar a unos cuantos metros de la puerta, don Gonzalo lo tocó en el hombro y le devolvió el arma. Luego entraron por el pasillo.

Don Sebastián se indignó:

—Este don Paco no tiene vergüenza.

Los barrenderos se rieron mucho. Era una de las noches más divertidas que habían pasado en su vida. Don Sebastián continuó:

—Y ese pobre de don Gonzalo no tiene inventiva. ¡Miren que llevarse solo a la cárcel!

105

Teobaldo se volvió a Ernesto al tiempo que entraba don Paco:

—Vaya usted con José y Salomón a traer a los presos.

Le devolvió el tratamiento de usted ahora que resultaba más ofensivo. Ernesto salió del letargo que lo había mantenido callado y quieto mientras esperaban a los faltantes y se acercó a la puerta seguido de los otros dos.

Don Sebastián miró con dureza a don Paco y le volvió la espalda, se hizo el desentendido un rato y después le espetó:

—Jamás volveré a jugar ajedrez con usted.

Don Paco se le quedó viendo como si se tratara de un loco y subió los hombros. Luego se sentó en la silla que le pareció más resistente después de probar otras dos, dispuesto a contemplar lo que iba a suceder, pero entre sueños, porque ya se le cerraban los párpados.

Por fin entraron los seis detenidos y quedaron de pie frente al escritorio de Teobaldo. Éste se había dominado la borrachera con sus propias emociones. Era una de esas noches, pensaba, en que uno no se emborracha ni queriendo. Siempre bajo el signo de don Fortunato, tomó la palabra.

—Buenas noches, señores. No necesito ni quiero referirme a su delito. Ustedes, personas cultas y bien conocidas de Puerto Santo, no pueden ignorarlo. No es costumbre en nuestro pueblo la criminalidad, ni cosa de todos los días, por eso está en mis manos el tipo de castigo que ustedes saben que merecen. Después de pensarlo detenidamente, creo que procedo con generosidad si los condeno a veinte días de cárcel. Estoy seguro de que si yo fuera un juez común y corriente, les daría mucho más, por

106

eso no temo que alguno de ustedes busque amparo en los tribunales de Veracruz.

El doctor miró a los otros. Los frívolos estaban muy nerviosos, don Miguel parecía querer encontrar dentro de su cabeza alguna inspiración que le aliviara la molestia del momento y don Gonzalo Peláez miraba hacia el frente con la evidente actitud de quien no piensa discutir. El doctor maldijo el momento en que se había aliado con aquellos mentecatos. Decidió ser él quien hablara.

—Mire usted, Teobaldo...

Teobaldo interrumpió.

—Señor Presidente, por favor.

El doctor se clavó las uñas de la mano izquierda en el dorso de la derecha, que sostenía el bastón.

—Señor presidente, supongo que usted no ignora que muchos delitos menores, como el nuestro, tienen un castigo no corporal como el que usted quiere imponernos, sino de orden pecuniario. O sea una multa. El encarcelamiento viene sólo en el caso de que el detenido no cuente con los recursos necesarios para pagar.

Pedro el barrendero alzó la mano y Teobaldo lo miró para que hablara.

—Lo que dice el doctor será muy cierto, pero es muy feo, porque eso quiere decir que las cárceles están llenas de gente pobre, mientras que los ricos se compran con su dinero el derecho de ofender a los demás. Eso no es justicia.

Teobaldo meditó un momento.

—Lo que dice Pedro es cierto. Eso no sería justicia porque si los fisgones hubieran sido los que fueron a perseguirlos, no todos tendrían con qué pagar y todos habrían fisgado igual. No, doctor Camargo, aunque peque de ignorancia, no pienso cambiar la pena. Aquí se quedan ustedes los veinte días.

Claudio Ramírez balbuceó por lo bajo:

—¿Podemos avisar a nuestra casa?

Don Miguel interrumpió.

—¿Para qué avisar? Vamos a desaparecer veinte días y basta.

Edgar Ramírez meneó la cabeza:

—Para que nos manden comida y ropa limpia.

Don Miguel se animó:

—Ustedes, jóvenes, no tienen espíritu aventurero...

El doctor le habló por primera vez a don Miguel con la cuarta parte de la impaciencia que le despertaba:

—Déjese de historias, don Miguel, y sea realista. Bastante grave es el asunto para perder el tiempo pensando tonterías.

Teobaldo se sonrió.

—Se mandará avisar a las casas de quienes así lo deseen.

Los barrenderos se dieron de codazos:

—Como si fuera secreto. Ya a estas horas, lo sabe todo nuestro barrio. —Se morían de risa.

Ramón los miró y quiso intervenir; él era un digno caballero, que no podía ser objeto de burla. Prefería que el asunto se ventilara de prisa y pagar su culpa.

—Si está todo decidido, llévenos al lugar donde vamos a estar los veinte días. Nos damos por notificados.

Los barrenderos redoblaron las carcajadas. El tono fatuo de Ramón se les hacía irresistible.

El doctor Camargo se enfureció.

—Es usted un imbécil, Ramón.

Don Sebastián, medio contagiado, se alisaba los

108

bigotes, Teobaldo los miraba con atención, Ernesto casi no veía, ni oía, ni sentía; ya don Fernando le había dicho cuando fue a buscarlos que era un traidor, y eso que no sabía la recomendación de la viuda. Su matrimonio iba deshaciéndose a grandes pasos.

El doctor miró a Teobaldo con una rabia fenomenal, una rabia de tres siglos de desprecio y se dispuso a hablar mostrando unos dientes tan amarillos y aguzados que parecían destilar veneno. El tono era bajo y rugiente pero sarcástico.

—Señor presidente municipal, no se me escapa que su intención es más que castigar un delito que admitimos, la de ponernos en ridículo ante un pueblo que nos respeta. Deplora usted su origen, señor presidente, y está lleno de deseos de venganza que vierte en sus presas más fáciles: nosotros en este momento. Pero no se confíe, señor presidente, también los de clase baja tienen ridículo que hacer; aunque le parezca imposible, también tienen honor que defender y prestigio que salvar ante los ojos ajenos. Tenga, pues, cuidado y piénselo bien antes de insistir en el castigo que hace meses que seguramente viene planeando.

Teobaldo sintió que la sangre se le iba al corazón de un solo golpe y le dejaba las manos heladas, la cabeza vacía, los labios blancos. No quiso dejarse llevar por lo que sentía y contestó brevemente:

—No le entiendo.

El doctor Camargo siguió en el mismo tono.

—No lo dudo. Pues se lo explicaré ahora mismo. Usted, tan lleno de rencores que se cambiaría sin duda alguna por el mentecato que está a su izquierda —señalaba a Ernesto, que tenía los ojos fijos en el doctor, más pálido y más alterado que Teobaldo mismo—; usted, digo, ha sido despojado por él de lo único que pueden presumir los de su clase: del honor de sus mujeres. El señor Arau es amante de su esposa y yo los he visto con mis propios ojos Si usted no quiere que esto se sepa, déjenos ir ahora mismo y obligue a todos los que aquí estamos a jurar silencio.

Teobaldo sintió que el alma se le caía a pedazos, pero algo más fuerte que la certidumbre de que el doctor decía la verdad, algo que más bien parecía la defensa de su alma contra su alma, le hizo tener una extrema conciencia de la situación y aplazar lo que le reclamaban sus sentimientos. Más tarde, ni él mismo se explicaba cómo había podido hacerlo.

Ernesto, ante la acusación del doctor, era más que nunca un guiñapo. Estaba en su silla completamente inerme, como un muerto.

Los detenidos se miraron, menos don Gonzalo que veía al suelo con el rostro contraído.

Los barrenderos se consultaron en voz baja. Don Sebastián miraba al doctor con indignación y don Paco abrió bien los ojos por primera vez desde que había llegado. Teobaldo habló con la voz baja y reconcentrada, pero muy clara.

—Es usted un infame, doctor Camargo, y no le creo. Eso que acaba usted de decir es una calumnia. Contra una cosa así es muy poco lo que puede hacer un hombre, tan poco que... —todos lo miraron— no pienso hacer nada. Pasarán sus veinte días en la cárcel y cuando salgan pueden contarle a quien les parezca que no tengo honor.

Los basureros gritaron a coro, también don Sebastián y don Paco.

—¡Bravo! ¡Así se habla! ¡Viva!

Cada grito traspasaba como una espada los oídos de Teobaldo. El doctor Camargo no podía quedarse sin contestar y con su aire más displicente, dada la situación, dijo:

110

—Como usted prefiera. Es privilegio suyo.

Teobaldo respondió con su mismo tono.

—Ahora, Ernesto, hágame el favor de llevar a los señores al cuarto donde van a dormir. Enciérrelos con llave.

Ernesto no se movió y los tres barrenderos ejecutaron la orden que el otro había recibido.

Teobaldo miró a los ajedrecistas.

—Muchas gracias, señores. Buenas noches.

Don Sebastián y don Paco salieron en silencio. Teobaldo se volvió hacia Ernesto.

—Hizo bien en quedarse. Necesito hablarle. Como le dije al doctor Camargo, las calumnias son demasiado grandes para evitarlas, pero siempre hay alguna medida que puede tomarse. Queda usted despedido, Ernesto. No sólo de su empleo sino de Puerto Santo. Espero que tome el primer barco para Veracruz y que no vuelva por aquí mientras yo pueda verlo. Acuérdese que como dijo su pariente el doctor Camargo, yo soy un resentido y eso me lleva a portarme con bajeza... Buenas noches.

Teobaldo dio media vuelta y salió en dirección a su casa mientras Ernesto ocupaba por última vez su silla de secretario.

XVII

DOÑA CÁNDIDA Camargo vio desde su ventana cómo se separaron don Fernando y sus compañeros y cómo desembocaron los otros por la esquina para seguirlos. Después se fue a su cama, trató de dormir y finalmente se durmió sin remordimientos.

Cuando despertó se sintió muy orgullosa de su

presencia de ánimo y decidió ir a ver a su hermana para comentar el asunto de nuevo, ahora que estaba consumado.

La encontró desayunando y al darle la noticia, Elenita que la había oído entrar con mucha calma, dejó el café sobre la mesa y le dijo:

—Ahora mismo vamos al Palacio Municipal.

Doña Cándida no tenía ese viaje entre sus planes, pero ante el tono decidido de la viuda, y una cierta ferocidad en su mirada, se puso en pie.

Elenita raramente se enojaba hasta ese extremo. Era una mujer acostumbrada a que las cosas que le interesaban salieron a su gusto. Una cosa tan contraria a sus deseos la volvía loca y entonces no se sabía hasta dónde podía llegar. Doña Cándida se asustó, porque hasta ese momento su hermana había parecido estar enteramente de acuerdo con ella.

La viuda la tomó del brazo como si fuera una criminal o una niña malcriada y la hizo caminar hasta la puerta. No la soltó ni cuando iban en la calle.

Antes de llegar al Palacio Municipal, debían pasar por enfrente de casa de Hermelinda Peláez y la viuda quiso entrar aunque al principio no se había acordado de ella.

Hermelinda también estaba desayunándose y al verlas, no se sorprendió poco, pues no había caído en la cuenta de que don Gonzalo no estaba en casa. La viuda le dijo sin miramientos.

—Hermelinda, acabe de desayunar y venga con nosotras al Palacio Municipal. Su hermano Gonzalo está preso y tenemos que sacarlo antes de que la gente se dé cuenta.

Hermelinda las miró. Ante sus mismos ojos veía crecer la otra Hermelinda, la que ella no quería exhibir; creció tanto y tan rápido que ella fue la

112

que habló y no la mesurada y modosa maestra de escuela.

—¡Con un demonio! —gritó y las hermanas dieron un paso atrás—. Me estaba engañando el muy marica. Seguro lo agarraron vestido de mujer en medio de la calle, o envuelto en la condenada bata verde. Llevo años de alcahuetearle la mariconería para que al fin y al cabo me deje en ridículo.

Las hermanas no sabían qué hacer. Hermelinda corría por el comedor mordiéndose las manos y no había manera de interrumpirla porque no oía nada.

—¡Horrorícense! —gritaba—. ¡Desprécienme! No me casé con don Paco el boticario cuando me lo pidió, para que no nos descubriera y ahora que ya estoy vieja y él hace veinte años que se casó con una estúpida, sale Gonzalo con su domingo siete. ¡Que se quede para siempre en el Palacio Municipal! Están locas si creen que voy a ir a sacarlo. ¿Con qué cara voy a presentarme ante ese hijo de cargador para decirle que me devuelva mi marica?

Las hermanas estuvieron tentadas de irse, pero la viuda hizo de tripas corazón y le dijo a gritos para que la entendiera:

—Hermelinda, cállese. Todos los de la plaza están presos, hasta mi cuñado Fernando. Pero no por lo que dice usted, sino por fisgones.

Hermelinda había ido demasiado lejos y no podía detenerse:

—Serán maricas todos. Mi hermano es incapaz de espiar a nadie. Si cada vez que ve pasar una mujer cierra los ojos.

Aquello era demasiado y además ofensa personal. La viuda no supo qué decir, pero doña Cándida sí.

—Mire, Hermelinda, está usted loca de remate. Ya es horrible que se exprese así de su hermano, pero fíjese bien en lo que habla de los otros, porque si repite que Fernando es eso que ha dicho, le rompo la boca.

La viuda volvió a agarrar a su hermana del brazo y corrieron para la calle mientras Hermelinda gritaba de voz en cuello.

—¡Brujas! ¡Pretenciosas y feas! ¡Corran, malditas! ¡Corra, Elenita, que ahí viene el espíritu de Rendón!

Cuando la viuda oyó aquello tuvo la tentación de pararse a contestar, pero doña Cándida no la dejó y siguieron adelante.

A Eneida le llegó la noticia por su criada, que no dormía en su casa y que se enteró en su barrio de lo que pasaba.

Aquello era demasiado grave para ella y no podía enfrentarlo. Se sentó en un sillón a darle vueltas al asunto y ver si le encontraba una solución práctica. Sabía que don Miguel era hombre de recursos y que si se había dejado encarcelar era porque no había habido más remedio, por lo tanto, era muy poco lo que ella podía hacer. En cuanto al delito, no se lo explicaba, no podía imaginar qué era eso, ni por qué lo había hecho. Sencillamente no entendía.

Una de las pocas cosas que llevaba en la cabeza siempre eran los consejos de adhesión a su marido que su madre le había dado antes de casarse, y recurrió a ellos. No pensó en la gente, ni en lo que ello significaba públicamente, sino en las incomodidades que don Miguel estaría pasando. Así es que llamó a su criada, que ya le había contado la historia a tres criadas más del mismo vecindario que por casualidad lo ignoraban, y empezó a seleccionar algunas cosas para llevarle a don Miguel.

A la media hora, ya estaban en camino la criada y ella con ropa limpia, dos cobijas, varias novelas y el desayuno en una portavianda.

114

Antes de llegar se encontraron con las respectivas criadas de los Ramírez y de Ramón Jiménez, quienes cargadas por el mismo estilo, con las cosas más indispensables, llevaban además algunas botellas de ron.

Todas aquellas mujeres llegaron casi al mismo tiempo al Palacio Municipal, que estaba cerrado.

El pueblo de Puerto Santo se había reunido en los alrededores del Palacio desde muy temprano; querían ver todo lo que iba a pasar, ya que por ignorarlo, se habían perdido de lo mejor.

Allí estaban las mujeres con sus hijos pequeños y sus bolsas del mercado, los trabajadores del muelle, de los talleres y de los huertos, los empleados de las oficinas y negocios privados... a veces, se agrupaban alrededor de las esposas de los barrenderos que no paraban de contar su versión directa pero ya muy adornada.

Cuando vieron llegar a las señoras se callaron. Doña Cándida estuvo a punto de volverse a su casa, pero su hermana la empujaba con toda su fuerza y no quiso llamar la atención. Eneida, en cambio, fue directamente a la puerta y empezó a tocar con fuerza. Las criadas se hacían guiños y señales con los que conocían.

Ernesto Arau no había tenido fuerza la noche anterior para volver a su casa. Estaba extenuado, sin reflexión, sin dobleces: un cuerpo llamado Ernesto Arau. Sin embargo, antes de perderse en el sueño, con la cabeza sobre su escritorio, pensó una última cosa:

—Me iré a Veracruz a buscar a los hermanos Camargo. Ellos no sabrán nada en mucho tiempo; cuando lo sepan, ya me habré acomodado en alguna parte.

Con este último consuelo, se durmió. Al despertarlo los golpes de Eneida se asomó cautelosamente; no quería que Teobaldo le encontrara allí. Vio quién era; pero como sólo había abierto una rendija, no vio ni a la gente ni a sus dos tías. Fue a abrir sin acordarse de su traje enlodado ni tener en cuenta su aspecto general, que era más que de desorden, de enfermedad, de mala vida, de desgracia.

Eneida empezó a hablar.

—Buenos días, señor Arau. Perdone la hora, pero me han dicho...

La viuda corrió a la puerta. Para entonces, se había repuesto del escándalo de Hermelinda y su furor estaba tan fresco como antes de ver a la profesora. Agarró a Ernesto de una manga y lo hizo salir.

—Ven acá, mequetrefe, sinvergüenza y traidor. ¿Qué fue lo que ayer me prometiste? ¡Vendido y cobarde! ¿Tanto trabajo te costaba decirle dos palabras a mi cuñado? Se las hubiera dicho yo si hubiera sabido que eras tan miedoso... ¿Qué pasó con tu promesa de avisarles?

La viuda lo abofeteó y la gente empezó a reírse a carcajadas. Ernesto escapó a duras penas hacia la calle, porque la viuda se había dado vuelta y bloqueaba la puerta del Palacio. Esto era mejor que una fiesta, mejor que aquellos payasos que habían llegado a Puerto Santo hacía dos años, mejor que aquellas corridas de toros que algunos portosantinos habían tenido ocasión de presenciar fuera de su pueblo.

Doña Cándida comprendió la causa de la ira de su hermana y se enfureció a su vez: ¡Intentar atropellar en esa forma su sagrado derecho a vengarse de su marido! No pudo contenerse y se enfrentó a su hermana:

—Hipócrita —le gritó—. Estás acostumbrada a mandar y eres una machorra. ¿Por qué te metes

116

en lo que no te importa? ¿Cómo te atreviste a mandarle avisar a mi marido sin mi consentimiento? ¿Te sientes la reina del mundo?

La viuda contestó:

—Y tú, ¿crees que porque tu marido es un puerco y se lo merece también se merece este escándalo todo Puerto Santo? ¿Por qué te vengas en tu pueblo de las ofensas que te hacen en tu casa?

Doña Cándida volvió a tomar la palabra.

—Y a ti ¿qué te importa, metiche? Como estás muy cómoda porque perdiste a tiempo al desgraciado de Rendón, puedes pensar en Puerto Santo y otras mentecateces por el estilo. Si Rendón hubiera vivido, ya te hubiera dado bastante en que ocuparte para que anduvieras de loca en casa de la gente hablando todo el día del desagüe...

La viuda respondió:

—Nunca hubiera sido como tú, porque, aunque te duela, Rendón era un hombre decente, no como Fernando, que ha tenido más amantes de las que se pueden contar con los dedos.

Las hermanas, siguiendo un impulso frecuentado en su niñez, incapaces de seguir insultándose, se echaron una sobre el pelo de la otra.

La clase baja de Puerto Santo reventaba de risa. Rodearon a las hermanas Arau y desde lejos no se veía más que una multitud dispareja y ruidosa cerca de algo que le producía una terrible hilaridad.

Eneida se había sentado en un banco de piedra junto a la puerta de palacio y lloraba amargamente porque no había quien recibiera lo que le había llevado a don Miguel.

Por fin se hizo un silencio. Teobaldo se acercaba seguido de los barrenderos. Eran las nueve de la mañana. La gente se hizo a un lado y ellas, instintivamente, dejaron de pelear.

117

Teobaldo miró con curiosidad a las dos viejas des-
peinadas, con el vestido en desorden y las caras
llenas de arañazos. Preguntó con cachaza:

—¿Qué sucede, señoras? —La viuda y doña Cándida no estaban en condiciones de hablar y se quedaron allí paradas, jadeantes y con los ojos bajos.
Teobaldo se volvió a los barrenderos—. Acompá-
ñenlas a su casa.

Así salieron Elenita y doña Cándida de su visita
al palacio municipal; con mucho pelo de menos y
vigilada cada una por un barrendero.

Teobaldo se dirigió a su pueblo:

—Aquí no hay nada qué hacer, muchachos. Cada
uno a su trabajo, porque ya todo se acabó. Buenos
días.

Eneida se acercó a Teobaldo y lo tomó del brazo.

—Bendito sea Dios que llegó usted, don Teobaldo.
Por poco se queda sin desayuno ese hombre excepcional que es mi esposo, don Miguel Suárez...

Entraron juntos mientras Eneida hacía sus recomendaciones y Teobaldo la escuchaba con suma
cortesía.

El pueblo fue perdiéndose en las calles, cada vez
más de prisa, para que no empezara a arderles en
la piel el sol que iba subiendo. Era un lento hormiguero que se dispersaba por las calles blancas en-
marcadas en las casas rosadas y celestes.

XVIII

Cuando Teobaldo dejó el palacio municipal, durante la madrugada de la noche de la detención, fue
directamente a su casa.

La revelación del doctor Camargo era cierta. Él lo sabía con la seguridad con que se saben algunas cosas cuando se escuchan en boca de otros. Pensó en ello como algo repelente y estúpido. Estaba profundamente dolido y las palabras del doctor todavía resonaban en sus tímpanos y sentía, con una especie de lucidez física inesperada, que se le enroscaban en el corazón.

No podía pensar en Florinda. Esa mujer irónica y descontenta que lo miraba a través de sus pestañas pintadas de negro y que se reía de él. Florinda era en esos momentos más un nombre que una persona, más un dolor que una mujer.

Teobaldo recordó a don Fortunato, ese tranquilo señor que siempre le había producido un efecto sedante y que acostumbraba discutir los pecados con el pecador mismo. Recordó que una vez, cuando tenía catorce años, se robó veinte pesos y fue descubierto. Don Fortunato tuvo el acierto de discutir el asunto con él y ponerlo tan en claro, que no sólo no volvió a robar jamás, sino que cada vez que necesitaba dinero se lo pedía francamente.

Bajo la sombra de ese incidente pudo pensar en Florinda. Florinda es como una ladrona, pensó, y yo haría mal si volviera a pegarle o la echara de la casa. Florinda estará tan asustada como yo cuando descubrieron el robo y será de tan mala fe como yo cuando lo cometí. Sin embargo, don Fortunato se puso a hablar conmigo... Claro que yo era un niño. Pero Florinda ha actuado con tanta torpeza como una niña y ha pensado cosas de niña.

Teobaldo llegó a la puerta de su casa y no se animó a entrar; se sentó en la acera. De pronto recordó a Ernesto y sus bellaquerías y lo absurdo que él había sido al confiarse tan absolutamente a él. Y volvió a pensar en Florinda con su frialdad y su

119

ironía. No podía calmarse; antes de saber lo que hacía se golpeó la cabeza con el puño cerrado.

—Todo lo he hecho mal, soy un imbécil. Tiene razón el doctor Camargo. Soy resentido y rencoroso, soy vulgar. Quise conquistarme a esta gente y me humillé. No me di cuenta de que lo único que podía hacer después de aceptar el puesto, era comportarme con dignidad y esperar que me buscaran y aguantarme si no me buscaban... Quise casarme y no lo hice por la buena, sino que busqué una mujer que me pareció conveniente sin fijarme si me quería y sin quererla, como si todo dependiera de los seis años que me iba a pasar de Presidente. Siempre estuve seguro de que ella me aceptaría y me aceptó. Don Fortunato cree que me enseñó a ser honrado y no es cierto, porque no es honrado ser como he sido, aunque nadie lo sepa... Todo lo tengo merecido.

Escuchó cómo cantaban los gallos y vio a lo lejos, al final de la calle, las luces de los barquitos pesqueros; se los imaginó con sus velas cuadradas, buscando el viento, olorosos a salitre y envueltos en la noche. Se imaginó el regreso al mediodía. Pensó en las gaviotas, en los pelícanos que a veces se descubrían en parejas. Por fin pensó en Florinda y le tuvo una infinita lástima por haber estado, por estar tan equivocada como él mismo.

Entró a su casa. Se dirigió al cuarto en que dormían y la vio sobre la cama, con la cara amoratada pero el rostro tranquilo, respirando suavemente. La contempló sin hacer ruido y le asombró la paz de su sueño.

La verdad era que Florinda, la tarde anterior, había pensado suicidarse con pastillas para dormir.

Todo ese mundo que ella se había construido a medias, pero que a ratos la invadía por completo, había caído al suelo y se había roto con la trompada de Teobaldo. Florinda tuvo miedo de entrar en otro mundo nuevo que la recibía en forma tan agresiva. Ese golpe en el ojo había sido el primer contacto real que Florinda había tenido con la existencia de su marido como tal.

La boda, la Presidencia Municipal, habían sido sólo accidentes que formaban parte de su situación de hija natural de una mujer tan silenciosa que nunca pudo responsabilizar a un amante que para nadie existió más que para ella. Florinda vivió durante el primer año de su matrimonio tan sola como su madre había vivido los últimos veinte años. Sólo que la madre llevaba en el recuerdo una imagen que pertenecía a un hombre real y Florinda tenía la cabeza llena de imágenes sin dueño.

Ahora tenía la evidencia de que ese hombre existía, de que ese hombre era algo más que palabras y torpezas; era violencia, era dolor físico, y ella era una cosa suya. Hasta que Teobaldo le pegó cayó en la cuenta de que no había ninguna persona a quién acudir, ni ante quién acusarlo, porque él era el indicado para protegerla, él era a quien ella debió haber acudido siempre.

Quiso morirse, porque sintió que de antemano y sin saberlo había renunciado a la felicidad y nada le quedaba, porque ese golpe no podría borrarse de su conciencia ni con la más cuidadosa representación del amor.

Pero no se atrevió. Estaba asustada del enredo en que se había metido; junto con la conciencia de la existencia de Teobaldo tuvo la seguridad de que sería delatada y que él la odiaría, idea que, por otra parte, jamás se le había ocurrido. Entonces se llenó de amor por lo que pudo haber sido su vida si ella hubiera querido y no quiso perderla. Se debatió en-

tre el miedo, la desesperanza y la esperanza y no se
decidió a tomarse el frasco entero sino se conformó
con tres pastillas que la hicieron dormir pesada-
mente hasta que se halló con Teobaldo, llamándola
y sacudiéndola.

Se sentó en la cama todavía soñolienta y esperó.
Teobaldo la miraba.

—¿Qué pasa? —se decidió a preguntar y sentía
vergüenza, vergüenza de preguntar algo que bien
sabía.

Teobaldo se sentó frente a ella y se dispuso a con-
társelo.

—Pasa que ayer descubrimos que los viejos de la
plaza se iban todas las noches a espiar a las mujeres. Anoche los detuvimos y todo anduvo bien hasta
que los llevaron al palacio municipal. Allí, el doctor
Camargo me amenazó con publicar que tú me eras
infiel si no los soltaba. —Teobaldo evitaba mirarla, porque intuía el efecto de sus palabras. Florinda estaba con las dos manos sudorosas clavadas
en la sábana. Teobaldo siguió hablando después de
una pausa que sabía muy bien que ella prolongaría
indefinidamente—. Yo le dije que era mentira y que
podía contar lo que quisiera. Allí se quedaron.

Teobaldo no había querido mencionar a Ernesto
por delicadeza, pero al mismo tiempo deseaba que
ella supiera a qué atenerse. Quería sentirse honrado
costara lo que costara. Oyó la voz de Florinda, ronca y sin ninguna entonación.

—Hiciste bien. Pero lo que dice ese viejo es cierto.

Teobaldo volvió a tenerle lástima y le puso la
mano sobre los labios.

—Ya lo sé. Y sé con quién.

Florinda estaba muy quieta, sintiendo aquellos
dedos gruesos sobre su boca, los de la mano que le
había pegado.

122

Florinda no se hubiera atrevido a llorar, ni a pedirle perdón, ni a decirle nada. Quería que la matara. Quería que esos dedos la mataran y que ella no volviera a saber un detalle más sobre sí misma.

—¿Quieres hablar conmigo?

Florinda hizo un esfuerzo. Claro que no quería.

—Sí —dijo con aquella voz nueva hasta para sus propios oídos.

—Tú y yo somos iguales. Ninguno de los dos está colocado ventajosamente frente a la gente bien de aquí, muy por el contrario. ¿De acuerdo? —Florinda asentía con la cabeza—. Por eso nos casamos, ¿verdad? —Florinda asintió de nuevo—. La ciudad, por desgracia, no está llena de Florindas y de Teobaldos y ninguno tenía mucho dónde escoger, o nos casábamos uno con el otro o con otro peor, ¿verdad? Bueno, muy mal motivo para casarse. Pero aunque así sea, no se saca en claro que me odies y que yo te odie, porque yo puedo hacer lo mismo que cualquier otro marido: tratarte bien, darte dinero, tener hijos y tenerte confianza; y tú puedes hacer lo que cualquier otra mujer, portarte como se debe y tratarme como yo me vaya mereciendo ¿no crees? Además me parece que si nos casamos fue para que los dos saliéramos ganando y no para perder un poco menos...

Teobaldo hacía ademanes lentos y pausados. Quería hablarle claro, para que ella pudiera ver las cosas como él pensaba que eran. Dijo muy brevemente lo que en otro momento ella hubiera tomado como un grave reproche.

—No te ofendí al pedirte en matrimonio y tú piensas o haces como si pensaras que tienes derecho a despreciarme. No es verdad, Florinda. Por otra parte, los casados no deben pensar en humillaciones, ni en injusticias, sino en lo que el otro vale o no vale y yo nunca he valido menos que tú, ni tú menos que yo...

Teobaldo no acababa de redondear lo que quería decirle y se hubiera escandalizado si alguien le hubiera insinuado que lo que quería hacerle a Florinda era su primera declaración amorosa.

Pero Florinda lo sintió y miró su perfil, con los ojos de lacias pestañas clavados en el suelo y el rostro indeciso. Le tomó aquella mano que le había pegado, que había impedido que contara sus pecados hace un rato y se la besó.

Teobaldo pensó en los barcos de vela, en las gaviotas, en los pelícanos que vuelan por parejas, en los pescadores que husmean el viento para enfilar el barco, en el sol que amanece frente al mar y anochece bajo el mar y suavemente, con el cansancio de una noche detestable y fructífera, fue deslizándose sobre la cama hasta el hombro de Florinda, que escuchaba los gallos, el roce de las telas, el ritmo de las respiraciones.

Allí empezó a contarle en voz baja y descuidada, como hablan los maridos con sus mujeres, todas las particularidades del asunto, interrumpiéndose a veces para sofocar la risa, o para dar una interpretación especial a una actitud. Florinda escuchaba sin hablar y le gustaba sentir en el hombro la cabeza peluda y pesada y en el cuello el aliento. Por fin, dijo Teobaldo:

—Me muero de sueño. Despiértame antes de las nueve. En este pueblo no va a quedar títere con cabeza. Quién sabe qué dirá don Fortunato cuando se lo cuente.

Teobaldo se durmió y Florinda se quedó inmóvil. No pensaba en el enredo ni en la parte que había tomado en él; de eso ya ni se acordaba, como no se acordaba de la bata negra, ni de la boquilla, ni del tango y mucho, pero muchísimo menos de Ernesto, de quien en realidad no sabía nada, ni había querido saber, ni le provocaba el más mínimo sentimiento.

La luz de la mañana entró a su cuarto y los muebles empezaron a hacerse visibles. Florinda se sorprendió de lo bonito que era su cuarto; del piso abrillantado, de los muebles de pajilla con una gracia cultivada y discreta, de su palangana de porcelana y de su jarra.

Hasta ella llegaban los olores del jardín y luego aquella cabeza en el hombro que cada vez se hacía más pesada, como si la profundidad del sueño de Teobaldo pudiera medirse en gramos y en cansancio. Aquella cabeza del hijo de la cocinera con el cargador del muelle, que era pesada y a la vez tan ligera como su primera esperanza de convaleciente después de una enfermedad larga y mal cuidada.

XIX

DESDE el día de la detención el salón del ala izquierda había cambiado mucho. Teobaldo mandó comprar media docena de catres de campaña a sugerencia de Eneida que no quería que don Miguel durmiera en el suelo. Las necesidades de comida y ropa quedaron surtidas por las respectivas familias de los presos; menos dos, porque nadie le mandó nada al doctor Camargo ni a don Gonzalo Peláez. Teobaldo pensó encargar sus alimentos a alguna familia de la localidad, pero Florinda quiso cumplir hasta el final con el hombre que le había hecho el más grande bien de su vida y todo les mandaba de su casa, con mucha humillación del doctor que el primer día no comió, aunque luego fue cediendo al hambre, y el más cumplido agradecimiento de don Gonzalo que así se lo mandó decir por escrito desde que recibió el primer paquete.

Las relaciones entre los detenidos también habían cambiado. Ninguno de ellos le dirigió la palabra al doctor hasta que pasaron varios días, y eso por compromiso. Cuando las conversaciones se hicieron generales de nuevo, el tono de ellas había variado notablemente en menoscabo del doctor y ahora parecía ser don Miguel Suárez el que llevaba la voz cantante del grupo.

Los tres viejos, por su parte, descubrieron lo difícil que resultaba la convivencia con los otros tres.

Los jóvenes frívolos se pasaron los veinte días medio borrachos y en un estado de excitación continua, se dormían como a las tres de la mañana y despertaban tarde. Los tres viejos, en silencioso acuerdo, trataban de hacer el menor ruido posible para no despertarlos y retardar el espectáculo tanto como se pudiera.

En cuanto abrían los ojos se posesionaban de su papel de héroes inmolados frente al amor y así se trataban mutuamente. Al rato de haber desayunado, hacían el primer brindis y seguían el resto de la tarde y la noche.

Si en la plaza no se hablaba de mujeres, ahora se hablaba en demasía, pues los bohemios metían en sus fantasías poéticas a todo el mundo. Un día hasta brindaron por la viuda Rendón, que, según parecía, había querido protegerlos. Pero lo que resultaba más insoportable para los viejos eran aquel continuo recitar y repetir versos.

Claudio Ramírez, sentado en su catre, decía casi todos los días con mucha convicción que "sus alegrías eran como aves canoras en jaula de oro". Su hermano Edgar los tenía enloquecidos con aquello de "una mano blanca como una paloma, un adiós me envía desde una ventana". Y Ramón Jiménez, que había llegado con un halo más pecaminoso que sus amigos, no hallando poema a la mano que le conviniera, cantaba canciones románticas que siempre hablaban de "una pecadora de largos cabellos", o de "la pervertida boca que me ofreces".

Don Gonzalo se perdía en sus pensamientos haciendo lo posible para no escuchar; don Miguel Suárez leía su remesa de novelas y el doctor Camargo se debatía en una náusea continua.

La verdad era que don Fernando, desde la noche que había sido aprehendido por el barrendero, vivía atormentado por dos sentimientos. Uno era el miedo: ya se imaginaba que una medianoche lo mandaban llamar para atender un enfermo de algún barrio y lo asesinaban sin conmiseración, o lo asesinaban y lo echaban al mar. El otro sentimiento era una rabia que no lo abandonaba nunca, ni entre sueños. Odiaba a Teobaldo, a su mujer y a su secretario, odiaba a su propia mujer y a la viuda Rendón, a quienes había visto arañarse casi frente a la habitación donde estaba recluido y no sin cierta satisfacción, pero sobre todo, odiaba a sus compañeros de cuarto y los frívolos en especial. Cuando dejaba vagar su imaginación pensaba irremisiblemente en que le gustaría mandar matar a todos los pajaritos de Puerto Santo, arrancar todas las flores y tapar las estrellas; siquiera para eliminar un cincuenta por ciento de aquellas metáforas que le ponían la carne de gallina.

El odio por su mujer era cosa vieja, no provocada por su actitud, pues no había esperado ni más ni menos, y desde hacía como veinte años, sabía

127

que si había una mujer en Puerto Santo que le deseara males, ésa era la suya. Pero que Florinda le enviara lo que necesitaba verdaderamente lo contorsionaba. Primero, fue lo bastante mal pensado para maliciar que quería comprar su silencio, pero al paso de los días se convenció de que era una caridad que ella le hacía para sentirse más gran dama que nunca. Don Miguel Suárez había estado tentado de hacérselo notar desde el principio, pero no se decidió a decírselo sino cuando la tensión en contra de don Fernando empezaba a aflojar.

—Don Fernando, qué buena se ve esa sopa que le manda su calumniada señora.

Don Fernando, que había acumulado silencio, se le puso enfrente y contestó:

—Si la quiere, cómasela.

Don Miguel soltó la risa y replicó:

—Gracias, pero mi mujer me manda lo suficiente para no exponerme a la caridad pública.

El doctor necesitaba desahogarse.

—Su mujer es tan tonta, que le mandaría comida aunque estuviera usted de vacaciones en un prostíbulo.

Don Miguel se rió más.

—Mi mujer me adora, don Fernando.

Don Fernando no quiso seguir y se tragó a grandes cucharadas la sopa de Florinda.

A don Gonzalo nadie se atrevía a decirle nada. Le habían visto redactar una carta a su hermana Hermelinda y habían sido lo suficientemente discretos para no hacerle bromas ni preguntas. Y habían visto que aquélla le contestó un recadito que él miró con el ceño fruncido y se guardó en la bolsa del pantalón de Teobaldo que usaba mientras le lavaban el suyo.

La carta de don Gonzalo decía así:

"Hermelinda querida: Me he visto obligado, por compromisos que debes sospechar, a seguirle el humor a los señores de la plaza y, en consecuencia, estaré preso durante veinte días. Por tu silencio entiendo que estás disgustada conmigo y tienes razón, pero supongo que ha de aliviarte la idea de que este escándalo no es el que tú temías, sino otro más decente según tu punto de vista.

"A mí me parece una porquería y sobre todo una estupidez en lo que a mí se refiere. Sin escrúpulos te diré que hubiera preferido el otro escándalo a su tiempo, no ahora que nada me importa, porque aunque hubiera perdido el prestigio y tu compañía, me hubiera dado algunos gustos y me hubiera quitado de los temores de ser descubierto que tanto me han hecho sufrir.

"Esta carta no tiene por objeto contentarte o pedirte que me perdones y me recibas bien, sino pedirte que cuando llegue ya no estés en la casa. Tal vez me adelante a tus pensamientos, pues mucho me has amenazado con abandonarme y considero que ahora tienes motivo suficiente; de todas maneras quiero que sepas que estoy de acuerdo, para que te vayas sin remordimientos.

"Te digo que te vayas y no que yo me iré, porque la casa es mía y también porque no quiero que nadie me toque mis muebles y mi ropa mientras estoy ausente.

"Recibe saludos de tu hermano arrepentido de su buena conducta anterior y de este lío que lo coloca en una situación tan falsa."

Tres días después, recibió don Gonzalo un recado que iba del siguiente modo:

"Soy una pecadora empedernida que no merece tu compasión. Te he puesto en ridículo en un ataque de locura. Espero que me perdones y me des albergue en tu casa. Prometo no molestarte nunca. No te mando comida ni ropa porque he renunciado a la escuela y jamás volveré a salir a la calle. Tu demente hermana, *Hermelinda*."

Don Gonzalo se guardó el papel y no hizo comentarios, pero se le quitó un peso de encima, aunque quedó muy intrigado y más todavía porque estaba seguro de que cuando volviera encontraría a Hermelinda tal cual la había dejado y no tendría oportunidad de hacerla contar lo que en realidad había sucedido.

De todas maneras algo había cambiado; la espada de Damocles que pendía sobre su cabeza, desde aquella noche en que se convirtió en la carabina de don Paco, una carabina que él había tenido entre sus manos, perdió todo el misterio y sus terrores desaparecieron.

Hasta el punto que una noche les aceptó a los frívolos un trago de ron y cuando éstos empezaron a recorrer su repertorio femenino, don Gonzalo dijo:

—Yo no tengo buen juicio en esas cosas, pero si también quieren hablar de mujeres malvadas y exigentes, podemos mencionar a mi hermana Hermelinda, quien nunca ha aparentado lo que en realidad es, pero que hubiera merecido un marido como el doctor Camargo, ausente en este momento.

A los frívolos les encantó la confidencia y admitieron que don Gonzalo tenía su gracia, lástima que era tan tímido.

La ausencia del doctor Camargo era temporal. El desesperado señor estaba en el baño, donde se refugiaba el mayor tiempo posible.

La última noche del cautiverio los detenidos estaban tristones porque después de todo, aquello era una aventura que estaba por terminar. De ello se

130

aprovechó el doctor para ver si podía recobrar su perdido sitio de jefe intelectual del grupo.

—La crisis ha pasado —les dijo—. Ahora volveremos a nuestra vida diaria y a la diaria moralidad, al orden, como quien dice, hasta que nosotros mismos u otra generación de portosantinos vuelva a sentir necesidad de transgredir las leyes y otro incidente igual tome lugar.

A nadie le interesaba la filosofía de la repetición que el doctor acababa de asentar con tanta solemnidad. Iba éste a seguir hablando cuando don Miguel le interrumpió con unas palabras que indudablemente tenía ya meditadas para el caso de que el doctor se atreviera a tomar esa actitud, con su afán de rubricar y de decir la última palabra en todos los casos.

Hizo una perfecta imitación del tono del médico y dijo:

—Queridos señores, sin que yo pretenda ser profeta ni adivino, me atreveré a exponerles una tesis como interpretación del suceso que nos ocupa. Seguramente el caso habrá de repetirse, pero para ello hacen falta varios elementos. Primero es necesario que existan cinco o seis hombres capaces de impresionarse ante otro que funja como jefe; que se sientan tan sujetos a él que le permitan influir sobre sus conductas en forma definitiva, que equivoquen las ideas de esa persona con la persona misma y la respeten con un respeto mal fundado y absurdo; en seguida, será necesario que exista un hombre ocioso, relativamente culto y de malos sentimientos, que tome a diversión y casi como escondida pasión el ejercer dominio sobre sus amigos para encaminarlos en malas empresas. Este tonto administrador de su inteligencia, este hombre desprovisto de verdadera humanidad, vacío de proyectos positivos, este loco, es difícil que vuelva a existir en Puerto Santo. Pero si existe y existen también los que como nosotros, lo sigan sin reflexionar, el suceso volverá a repetirse.

Todo el mundo calló. Aquella noche tomaron y fumaron en silencio. Mientras que se cambiaban tímidas miradas y monosílabos, por la ventana enrejada entraba la luz de unas estrellas que para don Fernando eran metáforas, para los bohemios punto de comparación con las cosas más disímiles y para don Miguel Suárez y don Gonzalo Peláez, simple y sencillamente estrellas.

XX

Días después, don Fortunato Arau, bien informado del asunto por Teobaldo y por sus propias encuestas y observaciones, se decidió a escribir en su gran libro de cuero amarillo los particulares del suceso.

Antes, tuvo que sobrellevar una serie de visitas de la viuda Rendón que insistía en que le permitiera a ella escribir la crónica para dar su propia versión; pero don Fortunato resistió noblemente los embates de la viuda y la última vez la despidió con cajas destempladas.

Tomó un manguillo verde, revisó bien la pluma, puso el día y el año y empezó a escribir como sigue:

"En este Puerto Santo que hasta ahora había sido cuna de reaccionarios y en consecuencia suelo de oprimidos, ha tomado lugar el primer cambio social de importancia.

"Yo, Fortunato Arau, después de veinte años de presidente municipal, llegué a la conclusión, que no enaltece mi trabajo ni mi persona, de que mi gestión fue un sonado fracaso.

"Fracaso porque jamás llegué a conmover a la clase alta de este petrificado lugar, ni soliviantar a la más baja. A la primera, le dediqué sermones sobre la igualdad que siempre recibieron respuestas corteses y cortantes, a la segunda le abrí posibilidades que nunca aprovechó.

"Todo me llevó a pensar que la igualdad es a la vez que fuente del progreso, un sentimiento más hondo que la mera oportunidad de comportarse como aquel a quien consideramos superior: es saber en el fondo del alma que no es superior. Y ¿quién le quita a los empleados portosantinos la sensación de que su patrón no sólo es el dueño del sitio donde trabajan, sino el más inteligente y sabio de todos? y ¿quién le quita al obrero la idea de que su destino de indígena es la oscuridad y la obediencia? Yo, ciertamente, no.

"Recuerdo cuánto festejaron las buenas familias aquella idea mía de hacer una escuela secundaria con maestros traídos de Veracruz y lo resentido que quedó mi presupuesto. Se fundó la escuela en mi propia casa, pero nadie se presentó y yo tuve que pagar un año de sueldos al personal docente... Igual resultado me dio una primaria nocturna donde yo era el único maestro y peor un intento de Sindicato de Pescadores y Empleados del Muelle, pues no sólo no se presentaron, sino que no quisieron saber de lo que se trataba. Luego supe que habían sido severamente amenazados por los dueños de los barcos y ni siquiera accedieron a oírme cuando quise explicarles que un sindicato serviría justamente para evitar ese tipo de coacción.

"Me he limitado, pues, durante estos veinte años, a hacer el bien en particular, esa caridad del rico

133

que parece aliviar los males inmediatos y que en realidad no hace más que fomentar los males sociales profundos. Así, también he llevado al cabo algunas mejoras públicas, como el nuevo desagüe y la luz eléctrica, pero han estado dirigidas a esa persona excéntrica e invisiblemente poderosa y necesitada que se llama Puerto Santo. O sea, de nuevo el bien en particular.

"Ya viejo y no tan cansado como muchos me imaginan, di un paso definitivo guiado por la desesperación: el nombramiento de Teobaldo López, joven indígena a quien eduqué tanto como pude y que creció en mi casa, para finalmente quedar impuesto como presidente municipal, rompiendo así con la tradición que nos había ligado a los Ramírez y a los Arau a tan interesante puesto.

"El pueblo reaccionó mejor de lo que yo había pensado, pero sin resultados prácticos. Podría decirse que las protestas, aunque llegaron a mis oídos, no fueron muy evidentes.

"En los meses que han pasado desde el nombramiento de Teobaldo López, no había habido ningún cambio notable. Desde mi ventana he observado diariamente la vida de mi pueblo y era siempre la misma. Empezaba a impacientarme y estaba a punto de hacerle una visita a mi sucesor para hablar seriamente de imponer algunas novedades, entre las que estaba la escuela secundaria, cuando recibí ciertas informaciones que me parecieron más que nada extravagancias sin consecuencia, pero para mi sorpresa, he notado las variaciones que aquí apunto y que juzgo de gran importancia.

"La plaza de Puerto Santo había sido sitio de reunión de las buenas familias tradicionalmente, nunca se había atrevido nadie de origen discutible a sentarse en un banco o a pasearse por ella después

134

de caída la tarde. Sólo cuando el sol estaba en el cenit, se veía pasar por en medio a algún obrero con prisa, para acortar camino.

"Pues bien, hace cuatro o cinco noches decidí dar un paseo para estirar las piernas y me encontré con todos los bancos ocupados. Allí estaban las mujeres de los pescadores con sus hijos, los empleados con sus novias, los obreros con sus amigos. Y allí estaba tocando el único cilindrero de Puerto Santo.

"Se me alegró el alma. Nunca había visto en este pueblo espectáculo más agradable y natural desprovisto de toda esa tiesura y aparente discreción que caracteriza a las personas de mi clase. Gusto daba ver a las mujeres vestidas de colores hablar y reírse en voz alta; nada de trapos negros y grises, nada de miradas llenas de reserva.

"En seguida fui a ver al presidente municipal que me enseñó una serie de cartas plagadas de quejas contra toda aquella gente cuya conducta había parecido justificada hasta ese momento: que una señora que tiene un negocio de alcohol insulta a sus empleados y les exige que trabajen las horas que a ella le parece, que la misma señora les rebaja el sueldo cuando no hay trabajo suficiente; que una prominente ama de casa pega de fuetazos a sus sirvientes cuando cometen algún error; que un profesional bien conocido aprovecha su situación para envilecer a las muchachas pobres; que una maestra de escuela tiene ordenados los lugares que ocupan sus alumnos según el color de su piel; que un propietario de huertos exige o no el alquiler según la posición social de sus arrendatarios, etc.

"Me conmoví hasta las lágrimas. Al fin habían hablado. Teobaldo y yo estuvimos conversando varias horas sobre la mejor manera de arreglar estas cosas. Claro que caímos en la secundaria, la escuela nocturna y el sindicato, pero la medida más inmediata será una Oficina de Quejas con las multas correspondientes.

"Ahora queda, como es natural, mucho trabajo por delante, pero lo que me interesa especialmente por el momento, en forma teórica por supuesto, es tratar de explicar cómo sucedió este milagro que tanto me entusiasma; ya que el enemigo oculto de todo adelanto era el temor de una clase frente a la otra y la facilidad que tenía la más alta para ahogar toda iniciativa de la más baja.

"Estos temores han desaparecido. El punto es contar cómo y por qué. Es indudable que se debe a un desprestigio total de la clase superior; pero desprestigio es una palabra demasiado suave para describir lo que ha sucedido; más bien diría que la mayor parte de sus miembros se han convertido de buenas a primeras en personas risibles y objetos merecedores de la burla popular.

"Resulta que varias connotadas personalidades se vieron envueltas en un curioso asunto que no sé si valdrá la pena relatar con pelos y señales en un libro como éste, pero para usar pocas palabras, diré que se relaciona con la mala costumbre de espiar desde la calle a aquellos que se preparan para dormir.

"Es un delito, pero si sólo hubiera sido esto, el pueblo simplemente se hubiera enterado de que algunas personas habían recibido un castigo por hacer un acto indebido. No, desafortunadamente para los delincuentes, coincidieron con ellos una serie de circunstancias que le dieron un tono bastante cómico al asunto y para su vergüenza, estas circunstancias especiales fueron obra enteramente de sus mujeres.

"De estas altas damas de Puerto Santo que desde hace tres siglos nos miran a nosotros los varones, desde la cumbre de sus virtudes. Ellas fueron con sus arranques, con sus rencores ocultos, las que bañaron en ridículo a su clase social.

"Me cuentan que ha habido pleitos públicos, insultos violentos, ataques de histeria, una serie de extrañas acusaciones... y todo entre ellas.

"La virilidad de sus maridos y parientes ha sido muy llevada y traída, eso para decir lo peor y no hablar de minucias como son las buenas costumbres y los hábitos que enseña la moral.

"Cuentan también que frente a una sonriente multitud, una de estas señoras acusó a su hermana de no ser adecuadamente femenina y que luego llegaron a las manos... Que una tranquila señorita acusó a los más notables varones de practicar hábitos poco masculinos... Que un honorable y hasta entonces caballeroso señor acusó de adulterio a una señora prominente ante su mismo marido...

"En fin, que cada una de ellas y casi todos ellos han escupido la calumnia que todos llevamos escrita en la lengua desde que Caín traicionó a su hermano y le mató.

"Esta calumnia, este grito de odio, ha sido tan desmesurado y tan absurdo, que logró romper el mito mejor establecido en nuestros países mestizos: el de la sangre, el del mando, el mito de dos caras que obliga a la naturalidad en el que recibe el sufrimiento y en el que lo inflige.

"Y si bien el sufrimiento está unido a la vida del hombre por sus propias debilidades, es de allí de donde debe surgir y no de una superstición. Si el sufrimiento que cada hombre se depara por sus propios errores se resuelve frecuentemente en nobleza, el sufrimiento público, de casta, es envilecimiento y cobardía.

"Gozoso estoy de que el destino haya libertado

137

a Puerto Santo por medio de sus propios habitantes y envidio a Teobaldo López su juventud y su sitio, porque organizará y verá la realización de una empresa que fue mi anhelo más constante.

"Para un viejo, es gran cosa esperar la muerte lleno de fe en los que le siguen y ver complacidos sus deseos.

"El inconforme, fracasado y ahora satisfecho *Fortunato Arau.*"

México, diciembre de 1959

Este libro fue impreso y encuader-
nado en empresas del grupo Fondo
de Cultura Económica. Se terminó
de imprimir el 5 de julio de 1985
en los talleres de Lito Ediciones
Olimpia, Sevilla 109, 03300 México,
D. F. Se encuadernó en Encuader-
nación Progreso, Municipio Libre
188, 03300 México, D. F. El tiro
fue de 50 mil ejemplares.

Diseño y fotografía de la portada:
Rafael López Castro.